배신 기사의 유쾌한 신의 15

초판 1쇄 발행 2024년 7월 19일

지은이 ㅣ 가언
발행인 ㅣ 최원영
편집장 ㅣ 이호준
편집디자인 ㅣ 최은아
영업 ㅣ 김민원 조은걸

펴낸곳 ㅣ ㈜ 디앤씨미디어
등록 ㅣ 2002년 4월 25일 제20-260호
주소 ㅣ 서울시 구로구 디지털로32길 30 코오롱디지털타워빌란트 1301-1308호
전화 ㅣ 02-333-2513(대표)
팩시밀리 ㅣ 02-333-2514
E-mail ㅣ seed_dnc@dncmedia.co.kr
블로그 ㅣ blog.naver.com/gnpdl7

ISBN 979-11-6145-645-4 04810
ISBN 979-11-6145-506-8 (SET)

※ 저자와 협의하여 인지는 붙이지 않습니다.
※ 이 책은 ㈜ 디앤씨미디어(시드북스)가 저작권자와의 계약에 따라 발행한 것으로 본사와 저자의 허락 없이는 어떠한 형태나 수단으로도 내용을 이용할 수 없습니다.

배신기사의 유쾌한 식의

가언 판타지 장편소설 15

SEEDBOOKS FANTASY NOVEL

1장. 제일 무서운 게 뭔지 아냐? · 7

2장. 그러고도 남을 놈이라 · 77

3장. 아무도 믿지 말라는 건 · 127

4장. 자신의 일은 스스로 하시죠? · 175

5장. 감추고 싶은 게 있다면 · 223

6장. 쓸데없이 거창한 이름보다는 · 283

1장. 제일 무서운 게 뭔지 아냐?

제일 무서운 게 뭔지 아냐?

 좀처럼 말싸움이 끝날 기미가 보이지 않자 결국 라이오스가 나섰다.
 "그만해라. 다른 녀석들도 다 깬다."
 라이오스는 아렌트의 어깨를 꽉 눌러 앉히고 아서를 엄한 눈으로 한 번 쳐다보는 것으로 간단히 제압했다.
 약간의 무력이 동반되고 나서야 방안은 다시 평화를 되찾았다.
 짜증스럽게 머리를 벅벅 긁적인 아서가 한숨을 푹 내쉬었다.
 "그래서, 좀 괜찮냐?"
 "별로 안 괜찮아요. 그래도 아까보다는 좀 낫네요."
 시큰둥하게 대꾸한 아렌트가 무심코 목덜미 쪽으로 손

을 가져갔다. 이미 손톱자국이 난 자리를 또 긁으려는 거였다.

그것을 알아차린 아서가 얼굴을 와락 찌푸렸다.

"너 그거 하지 마."

"네? 아."

멈칫한 아렌트가 손을 내렸다. 어쩐 일로 고분고분하게 말을 듣는 모습에 아서는 다시 부아가 치밀기 시작했다.

"너, 문제가 있으면 뭐라도 말을 하란 말이야. 깜짝 놀랐잖아!"

"그렇게 간담이 작아서 어떻게 기사 노릇을 할 수 있겠어요? 그냥 좀 피곤해서 그런 거니까 내버려둬요."

"내버려두라는 소리가 나오냐, 지금?"

결국 아서가 버럭 고함을 치자 아렌트가 인상을 찌푸렸다.

"머리 울리니까 소리 지르지 마세요. 시끄럽게, 진짜."

"그만해라, 아렌트."

막 다시 말싸움이 벌어지려던 찰나, 라이오스가 단호하게 말했다.

"아서가 나서지 않았더라면 내가 끼어들 생각이었다. 아서에게 고마워하도록."

"단장님이 끼어든다니, 어떻게요?"

아렌트가 인상을 쓰며 묻자 아서가 대신 답을 내어 주었다.

"너 처박아 두시려고 사비로 별장을 마련해 두셨다더라."

"……."

순간 아렌트는 할 말을 잃어버리고 말았다. 거기에 라이오스가 덧붙여 주었다.

"장소도 신중히 골랐다. 어지간하면 빠져나올 수 없는 곳으로. 황궁과도 멀찍이 떨어져 있지."

"……."

"당장 머물 수 있도록 준비도 다 해 뒀으니, 원한다면 지금이라도 보내 주지."

라이오스의 새파란 눈동자는 그저 진지하기만 했다.

당장이라도 여건이 된다면 아렌트를 거기에다 처박아 버리고 싶다는 표정이었다.

아렌트는 입을 꾹 다물었다.

'확실히 저 사람도 제정신은 아니야.'

잠깐이나마 제대로 눈을 붙이고 나니 그제야 머리가 제대로 돌아가기 시작했다.

다른 기사들 역시 아렌트를 괴롭히는 게 평범한 불면증이 아니라는 것쯤은 이미 알아차렸을 게 뻔했다.

다들 술자리에서 소란을 벌이는 꼴이 어설프기 그지없었으니까.

게다가 아서는 그가 발작하며 스스로 상처를 내는 꼴까지 봐 버렸고, 라이오스는 꽤 오랫동안 참견하고 싶은 것을 꾹꾹 눌러 담으며 그를 지켜봐 온 눈치였다.

'……저 인간 치고는 오래 참긴 했지.'

다른 것보다 아서와 라이오스가 그 추태를 목격했다는 게 가장 마음에 들지 않았다.

'그냥 렉시온 님을 따라가는 게 나았을지도.'

드래곤의 혜안을 무시한 대가가 이거라니.

아렌트는 괜히 거추장스럽게 흘러내리는 머리칼을 한꺼번에 쓸어 올렸다.

그 작은 움직임조차 불안한지, 아서는 아닌 척하며 연신 아렌트를 뚫어져라 쳐다보고 있었다.

더 시치미를 떼 봤자 꼴만 우스워질 것 같아, 아렌트는 어쩔 수 없이 입을 열었다.

"……아마 당분간은 괜찮을 겁니다. 원인을 대충 알아낸 것 같으니까요."

이럴 때는 두 사람이 가장 듣고 싶어 하는 대사를 꺼내 주는 것이 나을 것이다.

"원인을 알아냈다고?"

라이오스의 물음에 아렌트가 대강 고개를 끄덕였다.

"확실한 건 아니지만요."

"뭔데? 뭐 때문에 그러는 건데?"

"자꾸 재촉하지 마세요. 머리가 어지러워서 생각 정리가 제대로 안 된단 말입니다."

아서가 급하게 묻자 아렌트가 인상을 찌푸렸다.

하지만 그 말과는 달리, 그는 아까부터 열심히 머리를 굴리고 있었다. 어떻게든 적절한 대사를 짜내기 위해서였다.

아군을 상대로 거짓말을 늘어놓는 건 현재 상황에서 너무 위험했다.

지금 입 밖으로 낸 설명이 이후의 상황과 맞아떨어지지 않으면 괜한 분란이 생길 수도 있었다.

게다가 아서는 신전에서 있었던 일부터 간밤의 추태를 포함해, 필요 이상으로 많은 걸 봐 버렸으니까.

'그렇다면……'

지금은 한 발 물러나서 솔직하게 대답하는 게 나을 것이다.

물론 전부 다 설명할 수는 없으니, 지금의 '아렌트'에 걸맞는 설정을 조금 섞어서.

"……지금까지는 그냥 협박이라고 생각했습니다. 네펠레 왕국에 다녀온 뒤부터 금기시되는 영역을 파고들고 있었으니까요."

잠깐 뜸을 들이던 아렌트가 운을 뗐다.

"협박이라니, 누구로부터?"

"누구겠어요. 망할 놈의 신들이지."

아서의 물음에 아렌트가 신경질적으로 대꾸했다.

"어느 쪽 신인지도 몰랐습니다. 그냥 최근에 루체 신의 과거를 캐고 다녔으니, 그것 때문이라고 막연히 생각했을 뿐이에요."

신의 눈길이 짙어졌다는 말을 전해 주던 렉시온도, 루체와 체르니온 신 중 누가 원흉인지는 정확히 짚어 내지 못했다.

두 신 모두가 아렌트를 주목하던 상황이었으니까.

"하지만 방금 쓰러지기 전에, 그러니까 아서 선배한테 얻어맞기 직전에 한 형상을 봤습니다."

자연스럽게 악몽 속에서 본 존재가 떠올랐다.

생물로서의 본능적인 거부감을 자극하는 어둠 속에서 초점 없는 한 쌍의 눈동자가 자신을 가만히 내려다보고 있었다.

"굳이 비유하자면……. 인간형 호문쿨루스랑 비슷한 모습이었어요."

호문쿨루스는 그저 징그럽게 생긴 괴물 정도였다면, 꿈에서 본 그것은 심연 그 자체였다.

"호문쿨루스 개체들도 대부분 어둠을 빚어 만든 것 같은 형상을 띠고 있으니까요."

호문쿨루스들은 체르니온 신의 신성력을 받아 태어난 존재들이니, 자연스레 원동력이 된 신의 모습을 띠게 된 것일 터였다.

차가운 눈동자의 시선이 지켜보는 와중, 지독하게 서늘한 심연이 밀물처럼 몰려들어 숨통을 옥죄였다.

깜깜한 심연 속.

자신이 아렌트의 모습이었는지, 아니면 이제는 의미 없어진 가난한 배우였는지는 제대로 기억나지 않았다.

하지만 자신이라는 본질마저도 잡아먹힐 것 같은 감각은 결코…….

쾅!

갑작스러운 소음에 아렌트가 퍼뜩 상념에서 깨어났다.

고개를 들자 라이오스가 테이블을 내려친 자세 그대로 그를 응시하고 있었다.

"깊이 생각하지 마라. 그냥 대화에 집중해."

차분히 가라앉은 목소리가 재차 의식을 깨웠다.

아렌트는 자신이 말을 멈추고 넋을 놓았다는 사실을 뒤늦게 깨달았다.

"……놀랐잖아요. 어쨌든 오늘에서야 확신이 들었습니다."

"그렇군. 그런 외형이라면 체르니온 신인가……."

라이오스가 그제야 손을 거두며 고개를 끄덕였다. 하지만 아서는 여전히 대화를 따라가지 못하고 있었다.

"하지만, 악신이 왜 너한테?"

"워낙 잘난 인간이니 관심이 가는 모양이죠."

아렌트가 어깨를 으쓱였다.

"지금껏 그쪽 교단을 상대로 이래저래 해 먹은 게 많기도 하고, 루체 신의 힘으로 목숨을 건졌으면서도 복종하지 않는 건방진 새끼라 그런걸지도. 여튼 저도 잘 모릅니다. 그놈들 속을 무슨 수로 읽겠어요?"

전부 다 일리 있는 말이었다. 아서는 찜찜한 얼굴을 하면서도 굳이 반박하지 않았다.

두 사람의 반응을 확인한 아렌트가 계속해서 말을 이었다.

"결론은 그겁니다. 뭔가 용건이 있는데, 여기는 루체신의 소굴이니까 접근하는 게 쉽지 않았던 거예요. 하다못해 심부름꾼을 보내는 것도 여의치 않으니까 저를 닦달한 겁니다."

심연으로 끌려들어가는 것 같던 감각, 끔찍하게도 꺼림칙한 눈길, 그리고 전신을 옥죄는 것 같은 어둠.

그건 체르니온 신이 보낸 신호였다.

그게 매번 악몽의 형상을 띤 건 렉시온이 말한 것처럼 자신의 심신이 상당히 마모되어 있는 까닭이겠지.

네펠레 왕국에서 돌아온 직후 시작된 불면증은 체르니온 신과 그다지 상관없을지도 모르지만, 굳이 그 부분까지 두 사람에게 말할 필요는 없었다.

대신 그는 지극히 '아렌트'다운 어조로 시큰둥하게 덧붙였다.

"이렇게 되면 이쪽에서 찾아가는 수밖에요."

"……찾아간다고? 어딜?"

순간 그의 말을 이해하지 못한 아서가 멍청히 물었다.

"설마 놈들의 근거지에 쳐들어가기라도 하겠다는 건

아니지?"

"미쳤어요? 저도 목숨 아까운 줄은 알거든요."

아서에게 핀잔을 준 아렌트가 살며시 인상을 찌푸렸다.

"이게 정답이 될지는 모르겠지만, 생각나는 곳은 있어요."

딱 한 군데 있었다. 이미 황실의 관할에 놓인 곳이면서도 아직 체르니온 신의 흔적이 남아 있을 법한 곳이.

"기억하십니까? 레베카의 성이요."

꽤 오래 전, 아렌트가 처음으로 신의 목소리를 들었던 장소였다.

"아."

아서가 짧게 탄성을 터뜨렸다. 레베카가 죽은 뒤 그 성은 황궁의 소유가 되었다. 몇 차례의 조사가 끝난 뒤, 더 알아낼 게 없는 지금은 거의 방치된 상황이었다.

아렌트가 천천히 덧붙였다.

"그곳 지하에 체르니온의 신전이 있죠. 일단은 그쪽으로 가 보겠습니다. 지금 상태라면 뭐든 더 알아낼 수 있을지 몰라요."

그의 황금색 눈동자는 늘 그랬던 것처럼 무심한 듯, 선명한 빛을 머금고 있었다.

아서는 아연해졌다.

바로 몇 시간 전까지만 해도 고통에 못 이겨 몸부림치

던 녀석이었다.

 눈을 뜬 지도 얼마 되지 않았건만, 아렌트는 벌써 다음 일을 도모하고 있었다.

 마치 그런 일쯤은 아무것도 아니었다는 것처럼.

 하지만 여전히 그의 목에는 손톱 때문에 난 상처가 선명했고, 손목의 붕대 역시 다시 터진 상처 때문에 붉게 물들어 있었다.

 평범한 인간이라면 충분히 겁먹고도 남을 상황이었다. 다른 사람은 온전히 이해하지도 못할 고통에 놓여 있는 처지였으니까.

 하지만 아렌트에게는 일말의 망설임조차 보이지 않았다.

 "넌 진짜……."

 "당하고만 있을 생각은 전혀 없습니다. 그리고 괜히 시간 끌었다가 더 험한 꼴 보는 것도 내키지 않고요."

 아서가 저도 모르게 입술을 달싹이려던 찰나, 아렌트가 단호하게 말을 끊어냈다.

 "그 새끼가 도대체 뭘 원하는지 직접 대면이라도 해 봐야겠어요. 설마 이렇게까지 한 주제에 안 나타나지는 않겠지."

 "움직인다면, 언제?"

 라이오스가 묻자 아렌트는 곧장 답을 내어 주었다.

 "날이 밝으면 바로 출발하겠습니다. 며칠 휴가인 셈 쳐

주세요. 혼자서 최대한 빨리 다녀올 테니까."

"혼자 가겠다고?"

"불안하시면 렉시온 님이라도 모시고 가겠습니다. 체르니온의 신전으로 가겠다고 하면 별로 안 내켜 할 것 같긴 하지만, 그건 제 알 바 아니죠."

기사단장은 마뜩찮은 얼굴로 아렌트를 보았다.

아직 그의 몸상태는 정상이 아닐 것이다. 잠깐 쉬었다고 하더라도 그간의 피로가 모두 사라질 수는 없을 테니까.

하지만 더 이상 시간을 지체할 수 없다는 것도 사실이었다. 아렌트의 상태가 더 나빠질수도 있고, 지금은 잠시 소강 상태에 접어든 악신교와의 싸움이 언제 다시 시작될지 모를 상황이었다.

결국 라이오스가 내키지 않은 얼굴로 수락하려던 순간.

"저도 같이 가겠습니다."

잠자코 있던 아서가 불쑥 끼어들었다.

그 뒤 라이오스는 두 애새끼 사이에 끼여 제법 진땀을 빼야 했다.

어떻게든 따라가려는 아서와 심기가 굉장히 불편해진 아렌트 사이에 벌어진 언쟁 때문이었다.

"뭔 줄 알고 같이 가겠대요? 혼자 다녀오는 게 편해요."

제일 무서운 게 뭔지 아나? 〈19〉

"너 얼마 전에 대련하다가도 검 놓쳤다면서? 그런 상태로 어딜 혼자 다녀오겠다는 거야?"

두 사람 다 남의 말을 들어먹을 의지도, 물러설 의지도 전혀 없었다.

결국 아렌트가 짜증을 터뜨리자 아서가 더 언성을 높였다.

"선배가 드래곤보다 강해요? 렉시온 님이랑 같이 가겠다는데 뭐가 문제에요?"

"그래도 혹시 모르잖아. 게다가 렉시온 님은 신전을 꺼려하실 거 아냐. 결국 신전 안에서는 혼자 있게 될 텐데, 그 사이에 무슨 일이라도 터지면 어쩌려고!"

"일은 무슨 일이요? 그리고 렉시온 님도 좀 꺼려하신다 뿐이지, 신전 안까지 동행하시는 데는 전혀 문제 없습니다."

두 사람 사이에서 라이오스는 침착하게, 하지만 조금 텅 빈 눈으로 허공을 바라보았다.

아서가 버럭 쏘아붙였다.

"문제 있을지 없을지 네가 어떻게 알아? 만에 하나라도 렉시온 님이 대처하지 못할 상황이 오면……!"

"렉시온 님이 대처하지 못하는 상황이라면, 우리 중 제대로 대응할 수 있는 사람은 아무도 없어요. 지금같은 상황에 느닷없이 악신교가 제국에 나타날 가능성도 희박하고요."

아렌트는 인상을 찌푸리며 그의 말허리를 잘라 버렸다.

그 말도 타당했다.

성검이 각성한 뒤로 악신교는 제국을 내부부터 뒤흔드는 건 거의 포기한 듯했으니까.

렉시온이 황궁에 버티고 있다는 것 역시 한몫했고.

아렌트가 마지막으로 쐐기를 박았다.

"아서 선배는 전후 사정도 제대로 모르시잖습니까. 쓸데없이 발 들이지 마세요. 성가시니까."

평소라면 이쯤 되어서 물러설 아서였다.

하지만 짜증과 냉담이 동시에 깃든 황금색 눈동자를 마주보고 있자니, 아서는 이상한 오기가 치솟아 오르는 것을 느꼈다.

"그래, 나 앞뒤 사정 같은 거 모른다. 네가 뭐 한 마디라도 언질을 해 줘야 알지. 매번 입 꾹 다물고 알려 주지도 않는데 나보고 뭐 어쩌라고?"

당장이라도 버럭 소리지르고 싶은 것을 꾹꾹 눌러담으며 아서가 사납게 으르렁댔다.

"어쨌든 같이 가. 혼자서는 못 보내."

"싫습니다. 성가신 건 딱 질색이에요. 딱히 선배가 도움이 될 것 같지도 않고."

그러나 아렌트도 호락호락하지 않았다. 싸가지 없는 대답에 아서가 다시 울컥하려던 찰나, 라이오스가 끼어들었다.

"둘 다 그만해라."

단장의 명령에 아서가 멈칫했다. 아렌트 역시 입을 다물고 언짢은 얼굴로 아서를 응시했다.

간신히 상황이 소강되자 라이오스가 말을 이었다.

"아서. 가고 싶다면 보내 주겠지만, 좀 더 신중하게 고민해라. 그리고 아렌트. 일단 오전에는 좀 더 쉬다가 오후에 출발하도록."

아서에게 좀 더 고민할 시간을 주려는 거였다. 그 뜻을 알아차린 아렌트가 단박에 인상을 찌푸렸다.

"혼자서도 충분합……."

"아렌트, 네게는 결정권이 없어."

하지만 라이오스는 그의 반박을 아예 틀어막아 버렸다.

"자꾸 잊어버리는 것 같다만, 너는 아직 견습이다. 나는 네 단장이고, 아서는 네 선배지."

아렌트를 똑바로 바라보며, 라이오스가 또박또박 말을 이었다.

"네 모든 행동에 대한 책임은 내게 있는 것은 물론, 만일 아서와 네가 단 둘이 남은 상황이라면 모든 지휘권은 아서가 가지게 된다. 그 점 잊어버리지 말도록."

"아니, 지금 와서 그런 말씀을 하십니까?"

견습 기사에게서 돌아온 황당하다는 반응에 라이오스

가 단호히 답했다.

"지금이라서 더 그렇게 말하는 거지. 일단 아서, 곧 일과가 시작될 시간이니 가 봐라. 오늘 밤에 있었던 일은 함구하고."

명백한 축객령이었다. 아서는 개운치 않은 얼굴을 하면서도 고개를 끄덕였다.

"……알겠습니다."

아서가 몸을 일으키자, 아렌트 역시 자연스럽게 따라나가기 위해 자리에서 일어났다.

"아렌트, 넌 잠깐 기다려라."

아렌트가 멈칫하는 사이, 아서가 먼저 고개를 숙여 인사를 건네고는 자리를 비웠다.

둘만 남게 되자, 아렌트가 인상을 찌푸렸다.

"왜요?"

"단장이 잠깐 남으라고 하는데 눈 치뜨면서 왜요, 라고 하는 거 아니다."

침착하게 지적한 라이오스는 아렌트에게 작은 가죽 주머니를 건네주었다.

"이게 뭔데요?"

"열어 봐라."

아렌트는 마뜩찮은 얼굴을 하면서도 그가 시키는 대로 내용물을 확인했다.

은은한 약초향이 나는 쿠키가 가득 들어 있었다.

이게 뭐냐고 그가 물어보기도 전, 라이오스가 먼저 답을 내어 주었다.

"수면초를 넣어서 만든 거다. 필요할 때 하나씩 먹도록. 효과도 이미 확인했다."

"네?"

아렌트가 미간을 찌푸리자 라이오스가 차분하게 설명했다.

"치료사에게 부탁해서 만들었다. 원래는 환약으로 제조해야 하는 거다만, 그냥 약은 쓰다고 안 먹을 테니까."

"……제가 무슨 애새끼입니까?"

아렌트가 어처구니없이 묻는 말에 라이오스가 표정 변화 하나 없이 대꾸했다.

"그래. 그냥 애새끼도 아니고, 아주 골치 아픈 애새끼지."

"……."

"고집 세고, 사람 말 안 듣고, 툭하면 사고치는 아주 골치 아픈 애새끼."

진지하기 짝이 없는 답변에 아렌트는 잠시 할 말을 잃어버리고 말았다.

아니, 물론 아렌트라는 게 그런 망할 애새끼인 건 맞지만, 연기를 잘했다고 마냥 뿌듯해하기에는 어쩐지 기분이 미묘했다.

그런 상념도 잠시, 퍼뜩 정신을 차린 아렌트가 주머니

를 다시 라이오스에게 내밀었다.

"됐습니다, 이런 건. 원인만 알아내면 곧 해결될 일이니까 딱히 필요도 없어요."

"일단 가져가라. 먹든 말든 그 부분은 네 자유다. 거기까지 내가 강요할 수는 없는 노릇이니까."

하지만 라이오스는 고개를 내저었다.

"하지만 곧 해결될 일이라는 것은 그다지 신빙성이 없는 발언이군. 너도 진심으로 그렇게 생각하는 건 아닌 듯하고."

"아니……."

"네가 내켜하지 않는 이유가 뭔지 대충 안다. 네 의지와 상관없이 무방비해지는 게 마음에 안 드는 거겠지. 네 선배들에게 그런 모습을 보이게 되는 것도 싫은 거고."

뭐라 대꾸하려던 아렌트가 입을 다물었다.

얼마 전, 정확히 같은 이유로 렉시온이 제안했던 수면마법을 거절했던 그였다.

"넌 지나치게 예민해. 원래도 그런 편이지만, 최근 들어서는 더욱 곤두선 것 같더군. 그러다가 얼마 안 가서 나가떨어진다."

라이오스는 그를 보며 천천히 말을 이었다.

"너는 지금 지쳤고, 휴식이 필요해. 지금 일이 해결된다고 해도 그 사실은 변치 않는다. 그리고 네가 제대로 쉬기 위해서는 일단 마음을 좀 내려놓을 필요가 있어."

"……."

"네가 늘 하는 말이지. 쓸데없이 어깨에 힘 넣지 말라고. 지금 네게 필요한 말인 것 같군."

아렌트는 약간 심란한 눈으로 라이오스를 마주보았다. 그게 꾸며 낸 표정이 아님을, 라이오스는 본능적으로 알아차릴 수 있었다.

"네가 가위에 눌리면 우리가 깨워 줄거다. 네가 지나치게 푹 잠들어서 제때 일어나지 못하면 얼마든지 곁을 지켜 줄 테고, 필요할 때는 아서가 그랬던 것처럼 뺨을 쳐서라도 정신차리게 만들어 주겠지."

라이오스가 천천히 말을 이었다.

"네 주변 사람들이 너한테만 의지하는 얼간이가 아니라는 것쯤은 충분히 알고 있잖나."

"……."

견습 기사는 여전히 아무 대답도 하지 않았다. 아무런 표정 변화 없이, 단지 찜찜하다는 눈빛으로 그를 물끄러미 응시할 뿐이었다.

라이오스는 금방이라도 터져나올 것 같은 한숨을 꾹 눌러담았다.

말로는 늘 도움 안 된다며 구박해대지만, 아렌트는 언제나 동료들이 제 역할을 해내리라 믿어 의심치 않았다.

'저 녀석의 과감한 움직임이 그 증거지.'

그건 모두 제가 일을 맡긴 사람들이 결코 실패하지 않

는다는 믿음이 전제로 깔려 있어야 가능한 일이었다.

그렇다는 건, 아렌트가 과민반응을 보이는 까닭은 주변 사람을 믿지 못해서가 아니라…….

마침 라이오스가 거기까지 생각했을 때, 아렌트가 한숨을 푹 쉬었다.

"그런 말 하면 낯간지럽지도 않으십니까? 하여튼 성가시게. 일단은 챙겨 두겠습니다."

짧게 투덜거린 아렌트가 보란 듯이 과자 주머니를 한번 허공으로 휙, 던졌다가 받았다.

라이오스가 언짢게 대꾸했다.

"가끔은 그런 것도 필요한 법이다. 특히 너처럼 뺀질대는 녀석을 상대할 때는. 그러니 가서 잠이나 자라."

"칫. 알겠습니다."

"참고로, 오늘 일하겠다고 밖으로 나돌아다니면 정말로 가만히 안 있을 거다."

막 몸을 돌리려는 아렌트에게 라이오스가 묵직한 경고를 남겼다.

"르웰린 왕자님과 황태자 전하께도 오늘 너는 쉬는 날이라고 전달해 드릴 테니, 오후에 아서가 돌아올 때까지 꼼짝 말고 생활관에 있어."

"……진짜 징한 인간……."

노골적으로 질색하는 표정을 지어 보인 아렌트가 인사도 남기지 않고 밖으로 나가 버렸다.

쾅!

거칠게 닫힌 문을 향해서 라이오스는 고개를 절레절레 내저었다.

* * *

아서와 아렌트의 싸움은 어처구니 없는 방식으로 끝났다. 대강 사정 설명을 들은 렉시온이 딱 잘라서 거절한 것이다.

"내가 왜 함께 가야 하지? 그런 기분 나쁜 곳에 가기 싫다."

……라고.

결국 아렌트는 꼼짝없이 아서와 동행해야 하는 처지가 되고 말았다.

아서 역시 좀처럼 물러설 기미가 보이지 않았고, 라이오스도 아서의 결정을 존중한다고 했으니 아렌트에게는 다른 선택의 여지가 없었다.

결국 아렌트 역시 그와의 동행을 수락할 수밖에 없었다.

"사사롭게 영지를 드나드는 것도 썩 바람직한 일은 아닌 것 같아서. 일단은 슈타들러 백작님이 탐사를 부탁하신 걸로 해 뒀습니다. 백작님이랑도 적당히 말을 맞춰 뒀고요."

출발 전, 아렌트는 굉장히 마음에 안 든다는 투로 아서와 라이오스에게 설명했다.

"백작님이 따로 말씀하신 건 없나?"

"달리 없습니다. 알아내는 게 있으면 전달해 달라는 말만 하셨어요."

라이오스의 물음에 아렌트가 어깨를 으쓱이며 대꾸했다.

애초에 아렌트가 뭔가를 하겠다는데 토를 달 백작이 아니었다. 납득했다는듯 고개를 끄덕인 라이오스가 다시 아서를 보았다.

"조심해라. 문제가 생긴다면 바로 보고하고."

"네. 알겠습니다."

아서가 단정하게 대답했다.

그렇게 라이오스의 배웅을 받으며, 아서와 아렌트는 느긋한 여정에 올랐다.

전투를 위해 출정하는 것도 아니고, 주변을 경계하며 누군가를 호위해야 하는 상황도 아니었다.

목적지까지 가는 길도 비교적 편안했고, 일행도 단 둘뿐이라 짐도 단출했다.

이쯤 되니 렉시온이 굳이 따라오지 않겠다고 한 이유도 알 것 같았다.

'……진짜 망할 오지랖들은.'

말을 천천히 몰며, 아렌트는 쓸데없이 맑은 하늘을 원

망하듯 쏘아보았다.

하지만 그것도 잠시. 앞서가던 아서가 말을 멈추고 뒤를 돌아보았다.

"거기서 안 오고 뭐 해?"

"가요, 가."

아렌트는 한숨을 푹 내쉬며 그의 뒤를 따라 말을 몰기 시작했다.

* * *

"아, 날씨 좋다."

말을 몰며 태평하게 그런 감탄사나 지껄이는 아서를, 아렌트는 몇 걸음 뒤에서 곱지 않은 눈으로 흘겨보았다. 이유는 간단했다. 출발하자마자 개인용 통신구를 빼앗겨 버린 탓이었다.

"너 틈만 나면 노이만 상단주님께 연락드려서 없는 일거리도 찾아내잖아. 그러니까 내놔."

"……."

"안 그러면 단장님한테 일러서 조용한 곳에 처박아 버리라고 할 거다. 보아하니 렉시온 님도 충분히 협력해 주실 것 같던 눈치던데. 한 번 시험해 볼까?"

"……."

평소라면 들은 척도 하지 않을 말이었다. 하지만 휴양

지에 처박아 버리겠다는 라이오스의 협박이 진심이라는 걸 알아 버린 이상, 아렌트는 도무지 흘려들을 수가 없었다.

'명색만 파견이지.'

결국 강제적인 휴가나 마찬가지인 일정이었다.

아서와 라이오스에게 추한 꼴을 몇 번이나 보인 이상 괜찮다고 박박 우겨 봤자 꼴만 우스워질 테고.

그간의 업보 탓에 주도권을 빼앗긴 채 순순히 말을 따를 수밖에 없었지만, 아렌트는 이 상황이 굉장히 마음에 들지 않았다.

차라리 아서가 이런저런 질문이라도 쏟아 냈다면 조금 나았을지도 몰랐다. 어떻게든 이리저리 둘러대며 도망칠 구멍이라도 찾아낼 수 있을 테니까.

하지만 아서는 작정이라도 한 듯 신이나 전쟁에 관해서는 단 한 마디도 꺼내지 않았다.

'금방이라도 질문을 쏟아낼 것처럼 굴던 주제에.'

어울리지도 않는 날씨 타령을 해대는 게 웃기지도 않았다.

"하……."

빌어먹을 세상, 빌어먹을 무대.

그렇다고 먼저 말을 꺼내기도 애매한 상황이라, 아렌트 역시 침묵을 지키며 천천히 말을 몰 수밖에 없었다.

다그닥, 다그닥.

아득하게 들리는 말발굽 소리에만 귀를 기울이고 있자니 자연스럽게 상념이 찾아들었다.

'라이오스 단장은 도대체 무슨 생각인 건지.'

언젠가부터 루체 신을 향한 라이오스의 태도가 미묘하게 느껴졌다.

성검의 주인이 되기 이전과는 분명히 달라졌다. 하지만 지금 그가 무슨 생각을 하고 있는지 속 시원히 알 수 있는 것도 아니었다.

루체 신과 가장 가까운 존재가 된 만큼 함부로 그에 관한 화제를 꺼내기도 쉽지 않았다.

그의 마음이 어떻든, 틀림없이 라이오스는 루체 신의 감시하에 놓여 있을 테니까.

'아니, 그 사람은 그렇다 치고……'

지금 가장 신경에 거슬리는 존재는 아서였다.

대놓고 신에 관한 말을 꺼냈는데도 아서는 생각보다 순순히 받아들이는 눈치였다. 보아하니 라이오스에게서 어떤 형태로든 뭔가 언질을 전해 들은 게 분명했다.

'잠든 사이에 무슨 대화가 오갔는지 알 수가 있어야지.'

무슨 생각을 하는지조차 파악하지 못한 판에, 어떤 식으로 대사를 준비해야 할지 감을 잡을 수 없었다.

아렌트는 조금 언짢아졌다.

신들이나 이 세계에 대해서 하나씩 알아갈수록, 반대로 자신이 모르는 부분 역시 하나씩 늘어나고 있었다.

'적어도 기사들에 대해서는 대부분 꿰고 있다고 여겼는데.'

몇 번이나 소설을 되짚어 읽었으니까.

그리고 '아렌트'라는 역할을 떠맡은 뒤 자연스럽게 연기하기 위해 주변 인물 전부 다 심혈을 기울여 분석하기도 했다.

덕분에 아렌트는 그때그때 적절한 대사를 꺼내 가며 모두를 자신이 원하는 방향으로 이끌어 갈 수 있었다.

'이야기는 이미 상당히 바뀌었지.'

시나리오가 변했으니 캐릭터 역시 다르게 움직일 수밖에 없다.

하지만 대본을 바꿔 나가는 자신마저 그들에 대해 모르는 부분이 늘어 간다는 건 분명히 계산 외의 일이었다.

"……아."

익숙치 못 한 고요 속, 멍하니 가라앉은 머릿속에 새삼스러운 깨달음이 고개를 들었다.

'당연한 일인가.'

그들은 대본에 따라 움직이는 배우가 아니니까.

그들은 모두 각자의 자리에서 필사적으로 인생을 살아가는 지극히 평범한 사람들이었다.

이 망할 놈의 무대에서 배우라고 불릴 수 있는 존재는 오직 자신뿐이었고.

아렌트는 고개를 들어 먼 산을 바라보았다.

언제나 시끌벅적하고 화려한 황궁과는 사뭇 다른 광경이 눈에 들어왔다.

노을이 지는 하늘은 합판에 그려 넣은 것처럼 선명했다. 슬슬 빛을 잃어 가는 태양은 자신의 뒤통수 위로 떨어졌던 낡아빠진 조명과 묘하게 겹쳐 보였다.

그리고 스피커로 재현한 것처럼 실감 나는 말발굽 소리…….

"……젠장."

또다시 위장이 뒤틀리며 눈앞이 흔들리려 했다.

아렌트는 인상을 찌푸리며 관자놀이를 꾹 짚었다.

'그냥 눈앞에 집중해.'

속으로 세뇌하듯 되뇌었지만 별로 효과는 없었다.

심장마저 그의 의지와는 전혀 상관없이 점점 뛰는 속도가 빨라지고 있었다.

속이 울렁거렸다.

"이쯤에서 슬슬 쉬다 가자."

마침 그때, 문득 앞서가던 아서의 목소리가 들려왔다. 어느새 그는 말을 세우고 아렌트를 돌아보고 있었다.

퍼뜩 정신을 차린 아렌트가 삐딱하게 대꾸했다.

"벌써요? 얼마나 왔다고."

"벌써는 무슨, 곧 해 질 시간이야. 무슨 생각을 하기에 넋을 놓고 있어, 또?"

타박을 놓는 아서의 어깨 너머로 작은 도시가 눈에 들

어왔다.

"저기에서 하루 묵어 가자."

"우리가 언제부터 꼬박꼬박 쉬어 가면서 움직였다고요."

"내 마음이야, 이 자식아. 따라오기나 해."

짜증스럽게 쏘아붙인 아서는 다시 말을 몰며 앞서나가기 시작했다.

아렌트는 한숨을 푹 내쉬며 얌전히 뒤를 따를 수밖에 없었다.

두 사람은 작은 도시 번화가의 한 여관에 찾아들었다.

때마침 저녁 식사 시간이 되어 1층의 식당은 제법 시끌벅적했다.

북적이는 사람들 사이에서 테이블 하나를 차지하고 앉자마자, 아서는 두 사람이 먹기에는 과할 정도로 많은 식사를 주문했다.

얼마 지나지 않아 테이블에 푸짐하게 차려진 음식들을 본 아렌트가 질린 표정을 지었다.

"이게 다 뭐예요?"

"잔말 말고 먹기나 해."

그걸로도 모자라, 아서는 아렌트의 접시 위에 부담스러울 정도로 많은 고기 요리를 덜어 얹어 주었다.

"설마 이거 다 먹으란 말은 아니죠?"

"다 먹어. 그 전에는 못 일어날 줄 알아."

아렌트가 질색하며 묻는 말에 아서가 명령조로 대꾸했다. 그리고는 미처 아렌트가 따질 틈도 없이, 본인 역시 식사를 시작했다.

고기와 함께 통으로 익힌 감자 하나를 포크로 쿡 찍은 아서가 순수한 감탄사를 터뜨렸다.

"야, 이거 맛있다. 우리 고향에서도 종종 해 먹는 건데. 넌 이런 거 구경이나 해 본 적 있냐?"

김이 모락모락 나는 고기와 구황작물들은 척 보기에도 먹음직스럽기는 했다. 아렌트는 한숨을 푹 내쉬며 본인 역시 식기를 들었다.

"촌사람 티내요? 하여튼."

"도련님 주제에 말이 많네. 그냥 처먹기나 해."

식사를 마칠 때까지, 아서는 거의 쉬지 않고 시답잖은 일상 이야기나 웃기지도 않은 농담 따위를 늘어놓았다.

골치 아픈 문제나 업무, 그리고 두 사람이 지금 향하는 체르니온 신전에 대한 이야기가 끼어들 틈은 전혀 없었다.

아서의 수다는 아렌트가 제 몫의 식사를 전부 먹어치울 때까지 이어졌다.

주인장이 후식 삼아 내어 술까지 전부 다 비운 두 사람은 점원의 뒤를 따라 숙소로 안내받았다.

"뭐야, 같은 방이에요?"

방 하나에 침대가 두 개 들어간 숙소를 확인한 아렌트

가 인상을 찌푸렸다.

"불평하지 마. 빈방이 하나뿐이라서 어쩔 수 없었다고."

타박을 놓은 아서는 먼저 안쪽 침대 위에 짐을 내려놓았다.

아렌트 역시 불만스러운 표정을 하면서도 그의 뒤를 따라 방에 들어갈 수밖에 없었다.

각자 침대를 하나씩 차지하고 잘 준비를 마친 뒤, 아서가 짧게 말했다.

"잘 자라. 제발."

어쩐지 의미심장하게 들리는 당부였다. 아렌트는 굳이 대답하지 않고 침대에 누운 채 아서에게서 등을 돌려 버렸다.

"……."

작은 방 안에 정적이 찾아들었다.

아서는 먼저 잠든 듯 조용해지고, 아렌트는 이불을 덮은 채 옆으로 돌아누워 한참 동안 벽을 응시했다.

'……확실히 연기가 늘었다니까.'

이럴 생각은 전혀 없었는데, 어쩌다 보니 하루 종일 아서에게 질질 끌려다니고 말았다.

아서가 하는 짓이 자신이 평소에 하는 것과 크게 다르지 않음을, 아렌트는 잘 알고 있었다.

'너무 티가 나서 문제지만.'

답지 않게 주절대며 늘어놓은 잡담들은, 어떻게든 아렌트를 골치 아픈 것들에서 멀리 떨어뜨려 놓기 위한 아서의 노력이었다.

궁금한 것을 꾹꾹 눌러 담는 것 역시 그런 연기의 일환이겠지.

하지만 아렌트는 곧 생각을 바꿨다.

아서는 배우가 아니었다.

그러니 그가 지금 제 앞에서 보이는 것도 연기라고 할 수 없었다.

'그러니까…….'

이건 순전히 아서가 지닌 호의였다.

바로 전날 밤 생활관 한가운데서 벌어진 막간극과 마찬가지로.

문득 오늘 새벽, 라이오스가 건네준 과자 꾸러미가 떠올랐다.

어디다 처박아 버린다는 협박이며 아껴 둔 술을 마구 따 버리는 것도, 치료사에게 특별히 부탁해서 만들었다는 과자도 전부 자신을 향한 호의에서 비롯된 거였다.

'……아렌트 폰 에크하르트랑은 별로 어울리지 않는데.'

얼마 지나지 않아 아렌트는 꾸벅꾸벅 졸기 시작했다.

점점 눈꺼풀이 무거워졌다.

아렌트는 모처럼 자연스레 찾아온 졸음을 굳이 거부하

지 않았다.

 황궁의 고급스러운 침구와는 비교도 되지 않을 정도로 뻣뻣한 이불에 둘러싸여 아렌트는 자연스럽게 잠들었다.

 하지만 몇 시간 뒤, 채 해가 뜨기도 전.

 아렌트는 또다시 호흡곤란에 시달리다 아서가 급히 흔들어 깨우는 손길에 눈을 떠야만 했다.

* * *

 레베카의 성에 다다를 때까지, 아서는 꾸준히 같은 방식의 여정을 고집했다. 해가 중천에 뜬 뒤에나 느지막이 출발해 저녁 무렵에 묵을 곳을 찾았다.

 식사 때마다 식당에 들어가 둘이 먹기에는 과할 정도로 많은 양을 주문하고, 여관에 들어가서는 꼭 침대가 두 개 놓인 작은 방을 빌렸다.

 "슬슬 다른 핑계를 댈 때도 되지 않았어요? 들르는 여관마다 방이 이것밖에 없다는 게 말이나 됩니까?"

 "시끄러, 이 자식아. 선배가 하는 일에 하나하나 토 달지 마."

 아렌트가 가끔 불만을 표하는 것도 간단히 일축당해 버렸다.

 여정 내내 아서는 친구와 여행길에 나선 소년이라도 된 것처럼 의미 없는 수다를 떨어 댔다.

차마 다른 화제가 끼어들 틈은 없었다.

그 탓에 아렌트 역시 몇 번 맞장구를 치거나 밉살맞은 핀잔을 줄 수밖에 없었다.

하루 종일 멍청한 입씨름만 주고받다 보니 점점 바보가 되어 가는 기분이었다.

숙소에서도 마찬가지였다.

아서는 언제나 아렌트보다 먼저 잠들곤 했지만, 아렌트가 밤에 앓는 소리를 낼 기미라도 보이면 곧장 일어나 어깨를 흔들어 깨워 주었다.

그러는 사이 아렌트의 목과 팔 곳곳에 상처가 몇 개 더 늘기도 했다.

하지만 아서는 아무것도 따지지 않고 그저 타박만 늘어놓을 뿐이었다.

"잘하는 짓이다. 온몸에 흉터를 새겨 넣고 싶다는 꿈이라도 있냐? 왜 이렇게 사람을 성가시게 해?"

"그런 취미 없다고 분명히 말씀드렸을 텐데요."

한밤중에 상처를 치료해 주며 핀잔을 놓는 아서에게 아렌트가 불만스레 대꾸했다.

"그리고 누가 참견하라고 했어요? 성가시면 그냥…… 악!"

붕대를 감아 주던 아서는 조용히 상처 자리를 꾹 누르는 걸로 보복해 주었다.

그런 생활이 이어진 지 며칠째, 두 사람은 드디어 목적지 부근에 도착할 수 있었다.

"여기까지 오는데 도대체 며칠이나 걸린 거예요? 평소대로라면 이틀 전에는 도착하고도 남았을 텐데."

레베카의 성으로 출발하기 직전, 여관에서 떠날 준비를 하며 아렌트가 황당하게 중얼거렸다. 그러자 아서가 짧게 쏘아붙였다.

"원래 이럴 때 농땡이부리는 거야. 견습 주제에 말이 많네."

"……."

여정이 필요 이상으로 늦어지고 있으니, 지금쯤이면 라이오스든 황태자든 한 번쯤 연락이 올 때도 되었지만 통신구 역시 잠잠하기만 했다.

심지어는 르웰린에게서도 아무런 보고도 들어오지 않는 것을 보아하니 다 같이 작정이라도 한 것 같았다.

"쯧."

옷매무새를 가다듬으며 거울을 보던 아렌트가 혀를 찼다.

다른 무엇보다도 분한 점은, 황궁을 떠나기 전보다 확연하게 혈색이 좋아졌다는 사실이었다.

옆에서 나갈 채비를 전부 마친 아서가 인상을 찌푸렸다.

"왜 거울이랑 눈싸움하고 있냐?"

"새삼 잘생겨서요."

"미친놈."

익숙한 헛소리에 이제는 추임새처럼 느껴지는 욕설이 돌아왔다.

"하아."

아렌트는 한숨을 푹 내쉬고 단추를 마저 채웠다.

질질 끌려다니는 것도 이제 얼마 남지 않았다.

두 사람의 목적지, 레베카의 성채가 바로 코앞에 있었다.

* * *

오랫동안 방치된 성은 거의 폐허나 다름없었다.

사람들이 함부로 접근하지 못하게 치안대가 성벽 근처에서 경계를 서고 있었지만, 성 내부는 사람의 발길이 끊긴 지 오래였다.

수사가 끝난 뒤에는 최소한의 관리 인원도 모두 철수했고, 슈타들러 백작의 연구원들도 한참 전에 복귀했다.

과거의 영광은 눈 녹듯 사라지고 없는 성에는 을씨년스러운 기운만이 감돌 뿐이었다.

"진짜 뭐라도 튀어나올 것 같은데."

아무렇게나 자란 잡초를 발로 걷어차며 아서가 투덜거렸다.

앞장서서 걸음을 옮기던 아렌트가 대꾸했다.

"이런 데서 귀신이 나와 봤자, 대부분 우리 손에 죽은 놈들일 테니 별로 상관없지 않아요?"

"……너 지금 그걸 농담이라고 하냐?"

"농담 아닌데. 아, 레베카랑 워렌 손에 죽은 사람들도 적지는 않겠네요."

질색하는 아서에게 어깨를 으쓱여 준 아렌트는 성큼성큼 안쪽으로 걸어 들어갔다.

그저 화려하기만 하던 내부도 엉망진창이었다.

실내를 채우고 있던 물건들은 전투 중에 대부분 파손된 채로 바닥을 나뒹굴었다. 수사 과정에서 몰수당한 것도 여럿이었다.

그나마 부서지지 않고 빼앗기지도 않은 가구들은 죄다 하얗게 먼지를 뒤집어쓰고 있었고, 군데군데 아직 지워지지 않은 혈흔도 보였다.

벽지는 뜯어지고 칠이 벗겨진 곳이 대부분이었고, 바닥의 양탄자에도 먼지가 두껍게 깔려 있었다.

두 사람이 복도에 발을 들이자 숨죽이고 있던 먼지들이 자욱하게 피어올랐다.

아렌트가 먼지를 쫓으려 손을 휙휙 내저었다.

"아, 진짜. 무슨 마구간도 아니고."

"내 말이.

비슷한 불평을 늘어놓은 아서가 슬쩍 그의 눈치를 보았다.

"그나저나…… 이제 와서 묻는 것도 좀 이상하지만. 여기 온다고 해서 문제가 해결된다는 보장은 있는 거야?"

아렌트가 짐짓 모르는 척 되물었다.

"그게 무슨 말이에요?"

"네가 이상한 증상에 시달리는 건 악신 때문이라면서."

사실 그 부분도 아직 제대로 이해하지 못했지만, 아서는 일단 억지로 받아들이기로 했다.

"물론 여기에 악신의 신전이 있는 건 사실이지만……."

신중하게 말을 이어 가던 아서가 단어를 고르듯 잠깐 뜸을 들였다.

"솔직히 어떻게 해결한다는 건지 아직도 감이 안 잡히는데. 따져 물어볼 신관이 따로 있는 것도 아니고, 신전이 남아 있다고 한들 그냥 폐허일 뿐이잖아."

"흐음……."

지극히 타당하고 상식적인 질문이었다.

어떻게 답을 내어 줄까, 고민하던 아렌트는 문득 제 안에서 작은 심술이 고개를 드는 것을 느꼈다.

잠깐 입을 다물고 있던 아렌트가 반쯤 충동적으로 툭 내뱉었다.

"제가 신의 목소리를 들은 적 있다고 말하면 어쩔래요?"

"뭐?"

아서가 순간 얼빠진 소리를 냈다.

"……신의 목소리라니. 설마 루체 님 말이야? 네가 크게 다쳤던 그때?"

"아뇨."

아서를 돌아보지 않고, 아렌트가 담백하게 대꾸했다.

"선배가 악신이라고 부르는 그 자식이요. 레베카 토벌 작전을 벌였던 그때, 바로 이곳에서."

"……."

순간 아서는 말문이 막힌 듯했다. 먼지투성이의 폐허 속에서 아렌트가 짧게 말했다.

"그러니 신에게 직접 따져 보면 뭐든 알 수 있겠죠. 아. 참고로 그건 단장님도 모르는 겁니다."

"뭐? 야, 잠깐만. 단장님도 모른다니. 그게 무슨 뜻이야?"

퍼뜩 정신을 차린 아서가 따져 물었지만, 아렌트는 대답하지 않았다.

쓸데없는 오지랖에 대한 약간의 보답이자 아서를 시험하고 싶은 약간의 치기였다.

루체 신을 경멸하는 후배 놈이 악신의 목소리를 듣기까지 했다고 한다면 과연 어떤 반응이 돌아올지 조금 궁금해진 것이다.

"이쪽이었던가. 숨겨진 공간이 있었죠."

굳어 버린 아서를 모르는 척하며 아렌트는 성큼성큼 앞

으로 나아갔다.

그 자리에 얼어붙은 것처럼 잠시 서 있던 아서도 얼마 지나지 않아 뒤따라왔다.

하지만 그는 더 이상 아렌트에게 말을 걸지는 않았다. 입을 꾹 다물고 있는 것이 제법 심란해진 듯했다.

"……"

두 사람은 침묵을 지키며 레베카가 숨겨 둔 신전의 입구에 다다랐다.

한밤중의 무덤 같은 정적이 자리한 지하에서, 화려한 조각이 새겨진 문이 두 사람을 맞이했다.

하나의 심장을 꿰뚫은 세 개의 검. 그리고 그 검을 타고 기어오르는 뱀.

체르니온 신의 친위대, '부서진 심장의 검'을 상징하는 문양이었다.

이곳은 얼마 전까지 슈타들러 백작의 연구원들이 종종 드나든 탓에 외부보다는 비교적 깨끗했다.

당연한 일이었지만, 자결한 레베카가 쓰러져 있던 자리도 깨끗하게 치워져 있었다.

"미리 말해 두는데."

아렌트가 문 위에 손을 얹으며 입을 열었다.

"발작하거나 갑자기 쓰러져도 너무 당황하지 마세요."

이곳에서 처음 체르니온의 목소리를 들었을 때가 떠올랐다.

고작 두어 마디 주고받는데도 진력이 모조리 빼앗기는 기분이었다.

게다가 루체 신과는 가사 상태에 빠지고 나서야 제대로 대면할 수 있었고.

'이번에도 썩 좋은 꼴은 못 보겠지.'

아서가 옆에 있다는 게 영 신경 쓰였지만, 아렌트는 그냥 포기하기로 했다.

어차피 본인이 선택한 일인데, 거기다 대고 자신이 왈가왈부할 수는 없으니까.

아서의 대답을 듣지 않은 채, 아렌트는 힘을 주어 문을 밀었다.

끼이익.

거대한 문이 듣기 싫은 소리를 내며 천천히 열리기 시작했다.

"……."

얼마 지나지 않아 두 사람은 체르니온의 신상을 마주할 수 있었다.

밤하늘을 묘사한 듯한 천장 아래에, 눈을 감은 신상이 홀로 고요히 서 있었다.

검은 암석을 깎아 만든 신상은 가슴 위에 다소곳이 양손을 포개고 있었다. 천장을 올려다보는 중성적인 얼굴은 새삼 살펴도 루체 신과 닮은 모습이었다.

"뭘 어쩔 셈이야?"

한참 동안 입을 다물고 있던 아서가 착잡하게 물었다.

"글쎄요. 어떻게 해야 하려나. 아시다시피 신 따위에 무릎 꿇는 방법 같은 건 모르는 건방진 놈이라서요."

시큰둥하게 대답한 아렌트는 성큼성큼 신상의 앞으로 다가갔다.

"일단은 불러라도 볼까요. 사람을 그렇게 난폭한 방식으로 불러 댄 주제에, 설마 모르는 척하지는 않겠죠."

조용한 지하 신전에 아렌트의 냉랭한 목소리가 울려 퍼졌다.

신상 바로 앞에서 우뚝 걸음을 멈춘 아렌트는 차가운 눈으로 체르니온을 올려다보았다.

'원하는 게 뭔지는 모르겠지만.'

하지만 그것도 잠시, 아렌트는 신상을 따라 하는 것처럼 눈을 감았다.

시야가 차단되는 것과 동시에 아찔한 어지럼증이 찾아들었고, 이내 어둠 저편에 도사린 불쾌한 존재의 기척이 느껴졌다.

아서는 잔뜩 몸을 긴장시킨 채 아렌트를 지켜보았다.

"후……."

천천히 숨을 내쉰 아렌트는 서리 어린 손길을 낀 손을 들어 신상을 짚었다.

"……."

그리고, 잠시 후.

툭.

마치 줄이 끊어진 인형처럼, 아렌트는 그대로 바닥에 쓰러져 버렸다.

* * *

그는 어둠 속에서 다시 정신을 차렸다.

"……."

악몽 속에서 늘 그랬던 것처럼, 초점 없는 한 쌍의 눈동자가 그를 가만히 응시하고 있었다.

그 주변으로 일렁이는 어둠은 끝을 헤아릴 수 없을 정도로 짙었다. 자칫 발을 잘못 들였다가는 그대로 빨려 들어갈 것 같았다.

"……하여튼, 기분 나쁜 곳이라니까."

본능적인 거부감에 뒷목이 뻣뻣해졌다. 새카만 눈동자가 자신을 응시하는 시간이 길어질수록 위장이 뒤틀리는 기분이 들었다.

막연한 절망감과 두려움이 스멀스멀 올라오려 했지만, 아렌트는 그것들을 익숙하게 눌러 담고 입을 열었다.

"이봐."

어차피 그는 배우였다.

신이든 악마든, 저것은 단지 무대 소품 내지는 무대 밖의 관객일 뿐이고.

"그게 당신 모습이야?"

탁한 눈동자를 정면으로 마주하며 아렌트가 덤덤히 말을 걸었다.

"아무래도 내가 잘못 생각한 것 같네."

전쟁에서 패한 건 교단이지, 신이 아니다.

아렌트가 종종 입 밖에 내던 말이었다.

하지만 저 꼴을 보자니 아무래도 잘못 짚은 모양이었다.

빈사 상태에서 마주했던 루체 신은 신상과 흡사한 모습이었다.

빛 그 자체로 군림하던 그의 아름다운 모습은 아직도 화인처럼 눈꺼풀 안에 남아 있었다.

그러나 눈앞에 놓인 체르니온 신은 달랐다.

"그 개새끼는 면상이 아주 반질반질하던데……. 당신은 자애로운 존재인 척 의태할 힘도 없는 모양이지."

과거 대전쟁에서 패배한 대가가 아마 저 모습일 것이다.

아렌트가 입을 다물자 다시 진득한 침묵이 흐르기 시작했다. 그리고 잠시 후.

"망각이란 그런 것이다."

뭐라 형용할 수 없는 기괴한 음성이 들려왔다.

마치 어둠 속의 작은 소음을 모아 언어를 흉내 내는 것 같았다.

"난폭한 형제의 손에 순리 밖으로 쫓겨나게 되었으니……. 이제는 추종자들에 의해 주어진 모습조차 의미가 없어졌지."

어둠 속의 눈동자가 느릿느릿 눈을 깜빡였다.

아렌트는 입가에 비릿한 미소를 머금었다.

"그 모습은 단순한 껍데기일 뿐이라는 건가."

어쩌면 드래곤의 폴리모프와도 비슷한 개념일지도 몰랐다.

그들은 동족 외의 다른 존재들과 섞여 들기 위해 인간이나 엘프 등의 모습으로 변신하곤 했다.

그들과 신의 차이점이라면, 스스로 고른 모습으로 변신하는 드래곤과는 달리 신은 추종자들이 의인화한 모습을 띤다는 점일 터였다.

"그래서, 나한테는 무슨 용건이지?"

아렌트는 고개를 삐딱하게 꺾고 물었다.

"덕분에 수면 부족에 시달려서 죽을 뻔했거든. 그리고 이미 알다시피, 난 굉장히 바쁜 사람이라. 댁네 추종자들을 처죽이려면 몸이 열 개라도 모자라."

"……."

"그러니까 빨리 말하고 꺼져. 사람 역겹게 만들지 말고."

당장 돌아오는 대답은 없었다.

일렁이는 어둠은 그저 가만히 그를 내려다보기만 했

다. 마치 그를 시험하고 싶기라도 한 것 같았다.

어둠이 금방이라도 아렌트를 집어삼킬 듯 발아래에서 꿈틀거렸다.

시간이 흐를수록 그를 짓누르는 중압감은 점점 더 심해졌다.

그러나 황금색 눈동자는 여전히 한 치의 흔들림도 없었다. 아렌트는 악신이라 불리게 된 어둠의 신을 가만히 응시할 뿐이었다.

한참 뒤, 대답이 돌아왔다.

"바로잡고 싶지 않나?"

검은 어둠이 일렁이며 아렌트에게 성큼 다가섰다. 마치 손처럼 뻗어 나온 어둠의 한 줄기가 흰 뺨을 쓰다듬듯 스치고 지나갔다.

"내 형제의 폭정에도 슬슬 지쳐 가는 것 같은데."

기괴한 목소리가 언뜻 다정함을 띠는 것 같았다.

굼실대던 어둠이 눈앞에서 서로 얽히며 하나의 형상을 만들어 가기 시작했다.

얼마 지나지 않아 아렌트의 뺨에 닿은 어둠 한 줄기가 인간의 손과 흡사한 형태를 띠고, 바닥을 기어 다니던 그림자는 긴 머리칼, 공간을 채우는 암흑은 신의 이름에 걸맞게 아름다운 이목구비를 갖추었다.

"어차피 그대의 몫도 아닌 삶……."

신의 손길이 상처 자국이 남아 있는 아렌트의 목을 쓰

다듬었다.

 섬뜩한 감각이 느껴졌다.

 "나의 단 한 번 손길로도 망가져 버리는 나약한 그대가, 세상의 혼돈을 오롯이 감당할 필요는 없지 않나."

 "……내 몫이 아니라고?"

 아렌트는 한없이 무표정한 얼굴로 눈앞에 놓인 검은 얼굴을 마주 보았다.

 실체를 제대로 갖추지 못한 형태는 검은 연기로 이루어진 것처럼 위태롭게 흔들렸지만, 시선을 떼지 못할 정도로 아름다웠다.

 마치 우주를 재단해 아름다운 신의 형상으로 빚어 놓은 것 같았다.

 "애초에 원래 죽어 없어져야 할 운명이었어. 그 버거운 삶을 그대가 감당해야 할 이유는 없지."

 기괴하던 음성이 마치 어린아이를 달래는 다정한 부모의 것처럼 변했다.

 그러나 눈꺼풀이 열리며 드러난 텅 빈 눈동자에서는 모든 것을 삼켜 버릴 듯한 위압감이 느껴졌다.

 자칫 홀리기라도 하면 순식간에 끝없는 심연으로 빨려 들어갈 것 같았다.

 "그 신체도, 음성도, 마음도 그대의 것이 아니야. 그대는 욕심 많은 내 형제의 폭정에 휘말렸을 뿐이잖나. 이 땅도 아닌, 다른 곳에서 평안한 삶을 영위하고 있었을 텐데."

"……."

아렌트는 여전히 아무 대답도 하지 않았다.

단지 체르니온의 손이 얼굴에 닿을 때마다 불쾌하게 인상을 찌푸릴 뿐이었다.

"이미 세상은 순리를 잃어버렸지. 수호자를 자처하는 오만한 내 형제의 손에 의해서."

잔잔한 음성이 머릿속을 또렷하게 파고들었다.

"이 세상에는 수호자 따위는 필요 없어. 모든 것은 규칙대로 흘러가야 할 터였다. 하지만 그가, 내 가증스러운 형제가 다 망쳐 버렸어."

부드러움을 가장한 어조에 은근한 분노가 깃들기 시작했다.

"그것도 모자라 나의 아이들을 핍박하고 이 땅에서 살아갈 권리를 빼앗았다. 그는 자신의 욕심을 채우기 위해 세계를 파괴하고 있어. 그대의 존재도 마찬가지야. 원래는 있어서는 안 될 장소에 속박당했으니, 모든 게 비틀릴 수밖에."

심연을 품은 눈이 아렌트를 가만히 내려다보았다.

"그러니 원래대로 돌려놔야 해. 더 늦기 전에 이 세상을 다시 알맞은 순리의 궤도 위에 올려놓을 것이다."

살며시 미간을 찌푸린 아렌트가 운을 뗐다.

"……당신이 말하는 순리라는 게 뭐야?"

"내 형제가 흐름을 뒤틀고, 그대를 강제로 끌어들이기

이전의 일이지."

 체르니온의 대답에 아렌트가 다시 입을 꾹 다물었다.

 아렌트가 '이수현'이라는 이름의 무명 배우로서 낡은 무대에 머물고, 이 망할 세상은 그저 인기 없는 소설, '성검의 푸른 기사'로서만 접했던 시절.

 "원래 그리되었어야만 해. 이곳 세상의 일은 이곳의 존재들이 해결해야 옳아. 그대는 이방인이다. 이 세계의 규칙이며 환경은 그대의 영혼과는 어울리지 않아."

 어둠의 손길이 다시 아렌트의 뺨을 살짝 감싸 쥐었다.

 "하늘을 자유로이 날던 새에게 바다에서 헤엄치라 명령한 격이야. 말도 안 되는 일이다."

 어둠과 마주 보는 시간이 길어질수록, 어쩐지 몽롱해지는 기분이었다.

 "곧 익사해 버리고 말걸."

 짙은 존재감에 질식해 버릴 듯했지만, 어쩐지 한편으로는 그것도 나쁘지 않을 것 같았다.

 이런저런 골치 아픈 것들과는 상관없이, 그저 조용히 쉴 수 있을 테니까.

 "다른 사람 행세를 하고, 마음 놓고 휴식을 취할 수도 없어. 한 번 호흡할 때마다 느껴지는 이질감에 마모되는 정신을 붙잡고, 끊임없이 사투하는 삶……."

 자장가 같은 속삭임이 이어졌다.

 어둠이 부드럽게 밀려들어 아렌트의 어깨를 감싸 안았

다. 바닥에 도사리고 있던 그림자 역시 스멀스멀 발목과 다리를 휘감기 시작했다.

"버겁지 않나? 내가 없던 것으로 만들어 주마. 죄책감을 가질 필요도 없어. 그저 잘못된 것을 바로잡을 뿐이야."

바로 귓가에 대고 속삭이는 음성이 들려왔다.

아렌트는 미동도 하지 않고 가만히 손길을 받아들였다.

"없던 일로 만들어 주겠다니. 당신이 무슨 수로?"

"되돌려 놓는 것이지. 파편은 이미 내 손에 있다. 남은 것은 제자리를 찾는 일뿐이야."

"……."

"나를 아주 조금만 도와주면 된다. 그렇다면 모든 것을 원래대로 돌려놓을 수 있어."

아렌트는 당장 대답하는 대신, 천천히 눈을 감고 숨을 내쉬었다.

폐부의 공기가 모조리 빠져나가고, 대신 그 자리에 나른함이 찾아들었다.

"……파편이라."

되뇌이는 아렌트의 목소리에는 약간의 자조적인 웃음기가 서려 있었다.

그러나 누군가를 향한 동정과 자기 자신을 향한 비웃음이 뒤섞인 미소는 얼마 지나지 않아 씻은 듯이 사라져 버렸다.

"이 미친 새끼들이 누굴 호구로 보나."

어둠이 멈칫했다.

아렌트가 천천히 눈을 떴다. 황금색 눈동자에는 약간의 동요나 혼란도 보이지 않았다.

"어지간히도 급하신 모양이지? 여기까지 직접 불러들여 제발 돌아가 달라며 싹싹 빌어 댈 정도인 걸 보아하니."

그저 서늘한 냉기만 남아 있을 뿐이었다.

"신이라는 작자가, 내가 그렇게도 두려운가? 아니면 당신네들의 시시하기 짝이 없는 추종자들처럼 살살 꼬드기면 그냥 넘어갈 줄 알았냐?"

이제는 어둠이 침묵할 차례였다. 아렌트는 피식 웃으며 제 어깨에 닿은 팔을 걷어 내려 했다.

"없던 걸로 만들어 주면 뭐. 고맙다고 하면서 넙죽 받을 줄 알았어? 개소리하지 마. 내가 지금까지 얼마나 개고생을 했는데."

하지만 몸은 뜻대로 움직이지 않았다. 어둠이 그를 단단히 속박한 탓이었다.

다정함을 가장하던 신의 음성이 순식간에 위협적으로 변했다.

"……가여운 인생을 도둑질한 채로, 잔인한 내 형제의 폭정을 돕겠다고?"

제일 무서운 게 뭔지 아냐? ⟨57⟩

"가여워? 본인이 등신 같은 짓을 하다가 뒈져 버린 건데, 내가 왜 가여워해야 하지?"

아렌트는 서늘한 웃음을 흘리며 대꾸했다
"당신이 말한 그 순리대로라면, 아렌트 폰 에크하르트는 어차피 그 자리에서 죽을 운명이었던 거잖아. 어차피 뒈질 놈의 껍데기를 뒤집어쓴 건데, 그게 왜 도둑질이야?"
몸을 감싼 심연이 천천히 숨통을 조여 오기 시작했다.
"그대 역시 내 형제를 혐오하지 않나. 그리고 삶을 빼앗긴 것은 그대 역시 마찬가지일 터인데."
"내가 루체, 그 개새끼한테는 꼭 엿을 처먹여 줄 생각이긴 한데……. 그 전에는 네 차례야. 착각하지 마."
점점 호흡이 힘들어졌지만, 아렌트는 말을 멈추지 않았다.
"무슨, 후우, 무슨 수를 써서라도. 당신네 미친 추종자들은 씨를 말려 버릴 테니까. 순리고 나발이고 내 알 바 아냐. 내가 원하는 결말을 보기 전까지는 절대로 안 물러날 거라고."
아름다운 신의 형태가 서서히 일그러지고, 목소리 역시 다시 점차 기괴하게 변해 갔다.
"오만하구나. 나의 손짓 한 번이면 그저 사라질 존재인 것을."

어둠의 압박이 점점 더 심해졌다. 금방이라도 몸이 으스러질 것 같았다.

"……못 할 텐데. 루체 신의 목 가장 가까이에 칼을 겨눈 게 바로 나니까."

하지만 아렌트의 얼굴은 전혀 흔들리지 않았다.

"하긴, 그렇게 무능한 부하들만 줄줄이 달고 있으니 뭐 하나 제대로 될 리가 없지. 애초에 그 수장이라는 존재가 이렇게 멍청하고 아둔하니 그럴 수밖에 없나."

호흡이 점차 가빠지는 와중에도 그는 비웃음을 터뜨렸다.

"허억, 패배자면 패배자답게, 조용히 죽어 지낼 것이지. 순리를 깨는 건 그쪽 역시 마찬가지잖아. 어디서 깨끗한 척을 해? 무고한 사람을 실험체로 써먹고, 이미 사체들을 병사로 부리고……. 그게 당신이 말하는 순리인가?"

"그들은 기쁘게 영혼을 바친 이들이다."

짙은 어둠이 분노한 듯 일렁였다. 칼로 긁는 듯한 음성이 으르렁거렸다.

"응당 거쳐야 하는 관문이고, 모두 다 영원한 휴식을 얻었지. 그것이 내가 내리는 축복이자 그들이 존재하는 의미다."

"미친 소리 지껄이는 건 루체 신이랑 똑같군. 기쁘게 바치기는 무슨, 콜록, 그냥 힘으로 빼앗은 거겠지. 신이라는 족속은 원래 양심이라는 게 없나 보군."

매혹적인 신의 모습의 모습이 점차 일그러지며 혼돈 속으로 녹아 들어갔다.

정신을 압박하는 존재감이 점차 거대해져 갔다. 심연 너머에서 초점 없는 한 쌍의 눈이 다시 드러났다.

"후회하게 될 텐데."

"진짜 치사하고 치졸하기 짝이 없구나, 당신들. 동전의 양면처럼 아주 똑같아. 졌으면 진 대로 숨죽이고 살면 되지, 아득바득 기어 나와서 어떻게든 해 보려고 발버둥 치질 않나……."

점점 숨쉬기가 어려워졌다.

"질 것 같으니까 판을 뒤집어엎고서는 반칙을 해 대고. 이 꼴을 보고 싶지 않았더라면 루체가 반칙을 저지르기 전에 막아섰어야지."

머릿속에 마치 누군가가 지르는 비명 소리 같은 이명이 가득 차올랐다.

"그때는 아무것도 못 했던 주제에, 지금 와서 뭘 할 수 있는데? 미안하지만 거기에 어울려 줄 생각은 전혀 없어. 루체 신이나 당신이나 더럽고 역겨운 존재인 건 마찬가지야."

그 모든 것에 둘러싸인 채, 아렌트가 마치 미친 사람처럼 웃음을 터뜨렸다.

"파편을 모았다고? 원래대로 되돌려? 누구 마음대로?

허섭스레기를 그러모아서 뭐 어쩌게? 누가 비켜 준대?"

그저 싸늘하기만 하던 음성에 심연보다도 짙은 독기와 원한이 진득하게 묻어 나왔다.

"내가 산산조각 나는 한이 있더라도, 당신들 뜻대로는 안 돼. 뭐든지 다 마음대로 할 수 있을 거라 여기고서 벌인 일이겠지만, 하하! 웃기지 마."

입은 웃고 있었지만, 황금색 눈동자에는 새파란 분노가 선명히 깃들어 있었다.

"잃어버린 건 잃어버린 거고, 견뎌내는 것도 내 몫이야. 네까짓 것들이 감히 참견하지 말라고. 이 세상은 당신들 입맛대로 흘러가는 무대가 아냐."

"……."

"누가 건네줬든 상관없어. 여긴 이미 내 자리야. 내 무대, 내 역할, 내 세상이라고."

심연은 침묵하며 아렌트를 조용히 응시했다.

아렌트는 꺼림칙하고 기분 나쁜 시선을 향해 사납게 쏘아붙였다.

"수습할 자신 없으면 그냥 그 자리에서 구경이나 해. 당신네 무능한 수족들이 어떤 식으로 개죽음을 맞이하는지. 그리고 당신이 형제라고 부르는 그 미친 새끼가 어떻게 망신당하는지도 똑똑히 지켜봐."

지독한 가위에 눌릴 때처럼 숨이 턱 끝까지 차올랐다.

피부 아래에서 벌레가 기어다니는 것 같은 역겨운 감각

이 전신을 지배했다.

몸부림치며 발악하고 싶었지만, 어둠은 여전히 그를 놓아주지 않은 채였다.

"좋다. 그대의 말도 옳다. 그대가 내 형제의 목을 노리는 칼날인 이상, 목숨을 빼앗는 건 나의 손해겠지."

뇌리를 긁어내는 듯한 쇳소리가 정신을 뒤흔들었다.

"그러니 끝까지 발버둥 치도록. 네가 원하는 결말이라는 것이 뭔지 내 눈앞에 똑똑히 보여 봐라. 대신, 그대는 영원히 고통받을 것이다. 네게는 결코 어둠의 안식을 허락하지 않겠다."

어둠이 사지를 비틀었다. 몸이 찢어질 것 같았다. 차라리 지금 산산조각 나는 편이 더 편할 것 같기도 했다.

"내 안식은……."

그러나 아렌트는 자신의 고통 따위는 안중에도 없다는 듯 히죽 웃었다.

"당신이 걱정 안 해도, 내가 알아서 찾을 거야. 그러니까."

꾸역꾸역 몰려든 어둠이 아렌트를 빠르게 집어삼키기 시작했다. 진득한 심연에 서서히 빨려 들며 존재 자체가 잡아먹히는 듯한 착각이 들었다.

이제 숨 한 번 고르는 것도 불가능할 지경이었다.

그러나 아렌트는 어떻게든 입술을 움직여, 마지막 한마디를 내뱉었다.

"엿이나 처먹어, 미친 새끼야."
"……."

* * *

눈을 뜨자마자 의자에 몸을 기대앉은 아서와 시선이 마주쳤다.

그는 천천히 숨을 내뱉었다. 마비되었던 감각이 하나씩 돌아오기 시작했다.

오래된 여관 특유의 음식 냄새와 낡은 침구의 다소 거친 촉감과 은근한 온기, 그리고 화로가 타오르는 소리, 그리고 눈앞에 있는 아서의 기척, 그리고 베개 위에 흩어진 새하얀 은발.

그는 여전히 아렌트 폰 에크하르트였다.

"깼냐?"

멍하니 있자니 아서가 피곤한 얼굴로 물어왔다. 그제야 아렌트는 자신이 어느 여관의 침대 위에 누워있다는 사실을 깨달았다.

몇 번 눈을 깜빡이고 나서야 점차 시야가 또렷해졌다. 그대로 멍하니 있던 아렌트가 입을 열었다.

"얼마나 지났어요?"

약간 갈라진 목소리에 아서가 짧은 답을 내어 주었다.

"3일."

"……돌겠네. 선배는 3일 내내 그러고 있었어요?"

"그래, 이 새끼야."

아서가 조금 울컥한 목소리로 대꾸했다.

한참을 더 누워있던 아렌트가 부스스 상체를 일으켰다. 몸에 힘이 하나도 없었다.

아무렇게나 흘러내리는 머리칼을 한꺼번에 쓸어올리던 그는, 손등 아래에 기억나지 않는 상처 몇 개가 새겨져 있다는 걸 깨달았다.

그러고 보니 서리 어린 손길 역시 벗겨져서 침대 옆의 선반 위에 놓여 있었다.

창백한 손목에 남은 손톱자국을 멀뚱멀뚱 보던 아렌트가 입을 열었다.

"선배."

"왜."

퉁명스러움을 가장한 대답에 건조한 목소리가 돌아왔다.

"배고파요."

다소 뜬금없는 말에 아서는 조금 놀란 표정이 되었다. 하지만 그것도 잠시, 아서는 더 묻는 대신 그냥 자리에서 일어났다.

"밥 먹으러 가자. 혼자 일어날 수 있냐?"

"못 일어날 것 같은데."

"그럼 잠기나 해."

아서가 뚱한 얼굴로 손을 내밀었다.

아렌트는 아무런 말도 없이 아서의 손을 붙잡고 몸을 일으켰다.

바닥에 발이 닿자 약간의 어지럼증과 동시에 지나칠 정도의 현실감이 몰려들었다.

어쩐지 붕 뜬 것 같은 감각이 들면서도 한편으로는 몸이 물먹은 솜처럼 무겁기도 했다.

"괜찮나?"

"안 괜찮아요."

아서의 질문에 이제는 입에 붙어 버린 대꾸를 꺼냈다.

오히려 그 말 덕에 아서는 약간 마음이 놓이는 것 같은 눈치였다.

이미 상당히 늦은 시간인지, 여관에 딸린 식당은 그저 조용하기만 했다. 오래된 스튜가 보글보글 끓는 소리를 멍하니 들으며, 아렌트는 아서가 이끄는 대로 테이블에 앉았다.

아서는 식당 안쪽을 향해 외쳤다.

"여기 식사 간단히 준비해 줘."

"예? 예에, 잠시만 기다려 주세요."

맹한 대답이 들려온 지 얼마 지나지 않아, 주방 안쪽에서 자다가 나온 점원이 잠이 덜 깬 얼굴로 빵과 스튜를 내어 주었다.

아서는 막 돌아가려는 점원을 붙잡아 세웠다.

"술도 가져와."

잠시 후, 점원이 병에 든 술과 잔 두 개를 내어 주고는 다시 주방 안으로 들어가 버렸다. 못다 잔 잠을 청하려는 것 같았다.

아렌트가 똥하니 핀잔을 주었다.

"야밤에 무슨 술이에요?"

"술을 밤에 마시지 그럼, 낮에 마시냐?"

퉁명스레 대꾸한 아서는 아렌트의 앞에도 술잔을 놓아 주었다.

스튜를 떠서 입에 넣으며, 아렌트는 그를 묵묵히 지켜보기만 했다. 아서는 잔 두 개에 술을 가득 채워 넣고는, 제 몫의 술을 한꺼번에 털어 넣었다.

눈 깜빡할 새 비어 버린 잔을 다시 가득 채운 아서는 이번에도 단번에 술을 들이켰다.

그걸 몇 번이나 반복하는 선배를 보며 아렌트가 질렸다는 표정을 지었다.

"잘하는 짓이네요. 불만 있으면 말로 하지, 왜 술을 퍼마시고 그래요?"

"시끄러, 이 자식아. 내 마음이야."

짜증스레 쏘아붙인 아서는 병이 거의 다 빌 때쯤이 되어서야 잔을 내려놓았다. 아렌트가 깨작거리며 스튜를 반쯤 먹었을 시점이었다.

한참 동안 입을 꾹 다물고 있던 아서가 운을 뗐다.

"야."

"왜요."

"악신의 목소리를 들었다는 건 무슨 말이야?"

고개 숙인 아서에게서 대충 예상했던 질문이 돌아왔다. 아렌트는 빵을 손으로 뜯으며 무심하게 대꾸했다.

"그렇게 물으시면 어떻게 대답해야 할지 잘 모르겠는데요. 진짜 말 그대로일 뿐이니까."

"니케포르가 널 죽이지 못한 건……."

다시 말을 꺼내려던 아서가 잠깐 멈칫했다.

"루체 님 때문이 아니라, 악신 때문이고?"

"아마 양쪽 다일걸요."

짧게 대꾸하자마자 다음 질문이 날아들었다.

"단장님께는 왜 말 안 했는데?"

"말할 수 있겠어요?"

그것만으로도 충분한지, 아서는 한참 동안 말이 없었다. 아렌트 역시 굳이 더 말하지는 않았다. 그저 맛없는 스튜와 빵을 먹는 데에만 열중할 뿐이었다.

"……진짜 돌겠네."

한참 만에 아서가 천천히 얼굴을 쓸어내렸다.

"차라리 네가 과로 때문에 미쳐 버렸다고 하는 편이 낫겠어."

"그냥 그렇게 생각하셔도 별로 상관없지 않아요?"

빈 스튜 그릇에 스푼을 내려놓으며 아렌트가 말했다.

"루체 신의 은총을 받은 견습 기사 놈이 이번에는 악신의 목소리를 들었다며 떠들어대고 있잖아요. 선뜻 믿는 쪽이 더 이상한 거 아닌가?"

"넌 지금 농담이 나오냐?"

슬쩍 고개를 든 아서가 자신을 흘겨보자, 아렌트는 어깨를 으쓱했다.

"농담 아닌데."

"……말을 말자."

아서는 한숨을 푹 내쉬며 남은 술을 모두 자신의 잔에 부었다. 지친 와중에 급하게 마신 탓인지 벌써부터 귀가 붉게 물들어 있었다.

이번에는 아렌트가 질문을 던졌다.

"그러면 선배는 이 헛소리를 믿어요?"

"일이 이런 지경까지 되었는데 안 믿겠냐, 그럼?"

잔을 꽉 쥔 채 쏘아붙인 아서가 마지막 술마저 입안에 털어 넣었다.

두 사람 사이에 진득한 침묵이 흘렀다.

아렌트는 설핏 가라앉은 눈으로 아서를 바라보았다.

어쩐지 아서가 어떤 생각을 하는지 알 것 같았다.

신의 목소리를 듣는다는 건 대신관이라도 불가능한 일이었다.

그런데 일개 견습 기사가 그런 말을 지껄이니, 아서로서는 당황스러울 수밖에 없을 것이다.

지금 당장은 신을 향한 적개심에 가득 차 있더라도, 언제 굴복해 그쪽으로 돌아설지 모를 상황이었으니까.

"......야."

한참 뒤, 아서가 괴롭게 입을 열었다.

"내가 지금 제일 무서운 게 뭔지 아냐?"

아서는 텅 빈 술잔을 꽈악, 세게 쥐었다.

"너. 네가 제일 무서워."

"......"

아렌트는 굳이 대답하지 않았다.

심지어는 드래곤들마저도 별종 취급하는 판이었으니, 아서가 그렇게 말하는 것도 당연하다 여긴 것이다.

하지만 아서의 말은 거기에서 끝나지 않았다.

"네가 어디 가서 죽어 버릴까 봐 무서워 죽겠다고."

아렌트가 멈칫 굳었다.

"너, 개죽음당하기 싫다면서. 개죽음이 싫어서 굳이 고생을 사서 하는 거라며. 다른 사람들은 못 믿겠으니까, 잘나 빠진 네가 알아서 하는 거라고 했잖아."

그것을 미처 알아차리지 못한 아서가 느릿느릿 말을 이어 갔다.

"거짓말하지 마, 이 새끼야. 누구보다도 죽고 싶어서 안달 난 것처럼 구는 주제에."

온갖 감정을 꾹꾹 눌러 담은 목소리에서 짙은 원망이 묻어났다.

"신의 목소리를 듣건 뭐건 다 좋아. 너는 워낙 특이한 새끼니까, 그래. 그러려니 할 수 있어. 아니, 솔직히 엄청 당황스럽긴 한데."

급하게 마신 술에 취기가 올라오는지 아서가 횡설수설하기 시작했다.

"누구랑 싸우든, 어디에서 뭘 하든 괜찮아. 어떤 사고를 쳐 대도 난 네 편 들어줄 수 있어. 당연히 화는 좀 많이 나겠지만……. 너야 원래 그런 놈이잖아."

마치 오래 묵은 감정을 토해 내는 것처럼, 아서가 꾸역꾸역 말을 이어 갔다.

"그러니까 그냥 뒈지지만 마. 너 진짜 그러다가 죽어. 난 네 시체 같은 거 보고 싶지 않단 말이야."

"……."

아렌트는 놀란 눈으로 아서를 응시하기만 했다.

마치 망치로 머리를 한 대 맞은 것 같은 기분이었다.

뭐라 대답하려던 아렌트는 다시 입을 꾹 다물었다가, 이내 천천히 물었다.

"……뭘 해도 괜찮다니. 내가 무슨 짓을 할 줄 알고요?"

"너, 매번 그렇게 지껄이지. 여차하면 뒤통수 치고 도망치겠다고."

고개를 든 아서가 아렌트를 사납게 쏘아보았다.

"누굴 바보로 알아? 지금 그 말을 곧이곧대로 믿는 사람이 몇이나 있을 것 같아?"

"……."

아렌트는 대답하는 대신, 제 앞에 놓인 잔을 집어 들어 홀짝였다.

유난히도 입맛이 썼다.

다시 테이블에 머리를 처박은 아서가 웅얼거렸다.

"매번 안 괜찮다고 지껄이지만 말고, 문제가 있으면 말이라도 하란 말이야, 이 망할 새끼야……. 도대체 얼마나 오랫동안 혼자 숨기고 있었던 거냐고. 레베카의 상단이 토벌된 건 한참 전 일이잖아."

"……."

뭉개지는 목소리가 어쩐지 서럽게 들렸다.

아렌트는 착잡한 눈으로 아서를 응시했다.

아서는 신의 계시나 존속을 건 싸움보다, 자신이 모르는 새 후배 놈의 속이 썩어 문드러지지 않았을지 따위를 더 걱정하고 있었다.

'……진짜 이걸 어쩌나.'

목 끝까지 차오르는 한숨을 맛대가리라곤 하나도 없는 술과 함께 삼켰다.

낡아빠진 테이블 위에 침묵이 흘렀다.

타닥, 타닥.

장작이 타오르며 이따금 정적을 깼고, 주방 한쪽에서는 싱겁기만 한 스튜가 끓어오르는 소리가 들렸다.

"……."

늦은 시간 식사를 하는 두 사람을 위해 밝혀진 초가 느슨한 창문 사이로 스며든 바람에 흔들리며 일렁였다.

그 모든 것을 하나하나 감각으로 받아들이자니 어쩐지 머리가 차분히 가라앉았다.

자신 때문에 진심으로 안타까워하는 사람 앞에서 더 연기하는 것도 못 할 짓이었다.

"……괜찮아요. 진짜로."

평소와는 사뭇 다른 어조에 아서가 놀라 고개를 들었다.

나른하게 턱을 괴고서 흉터투성이가 된 손으로 잔을 든 아렌트가 눈에 들어왔다.

아서는 넋이 나간 채 눈만 깜빡였다.

분명 눈앞에 있는 사람은 아렌트였지만, 동시에 그가 아는 '아렌트 폰 에크하르트'와는 다소 달리 느껴졌다.

"내가 여러모로 쓰레기 같은 인간인 건 맞지만……."

식당 안을 비추는 흐린 불빛이 견습 기사의 새하얀 머리칼과 황금색 눈동자에 조용히 깃들었다.

"이렇게까지 해 주는데 모르는 척할 정도로 염치없는 새끼는 또 아니라서."

남은 술을 한꺼번에 입에 털어 넣은 아렌트가 탁, 소리 나게 잔을 내려놓았다.

"그러니 청승 그만 떨어요. 안 죽으니까."

마치 헛것이라도 마주한 기분에, 아서는 어린애처럼 주절대던 것도 잊어버리고 멍청한 눈으로 아렌트를 보았다.

시선을 내리깐 아렌트가 한 글자씩 새겨 주듯 천천히 말했다.

"……정말로 괜찮습니다. 이제 괜찮을 것 같아요. 아마도."

체르니온이 말한 파편이란 바로 반란이 거의 성공할 뻔했던 '성검의 푸른 기사'의 세계였다.

거기에는 이젠 없는 일이 되어 버린 라이오스의 사투와 무수한 죽음들, 그리고 진짜 아렌트 폰 에크하르트도 존재할 터였다.

체르니온은 지금껏 루체의 손에 의해 없어져 버린 세상을 주워 모으는 중이었고, 얼마 전 그 작업이 끝난 듯했다.

'그래서 그것들을 원래 자리에 끼워 넣으려 했겠지만……'

딱 하나 걸림돌이 있었으니, 그게 바로 지금의 아렌트였다.

원래 이곳의 존재가 아닌 아렌트가 쐐기처럼 박혀 떡하니 자리를 잡아 버린 탓에, 체르니온은 기껏 모은 파편을 사용할 수 없게 된 것이다.

억지로 치워 버리자니 루체 신의 가호를 입은 몸이라

그럴 수도 없었을 터였고.

'그래서 날 죽도록 괴롭혀서 어떻게든 원래 자리로 돌려보내려고 했던 거겠지.'

아렌트는 빈 잔을 매만졌다.

어쩌면 체르니온의 말대로 그게 편해질 수 있는 가장 빠른 길일지도 모른다. 루체와의 약속이라는 이름의 속박에서도 벗어날 수 있을 테고.

하지만 그럴 수 없었다.

죽어도 인정하고 싶지 않지만, 이곳에는 눈에 밟히는 존재가 너무 많았다.

'이제 어린애 같은 현실도피는 그만해야지.'

그는 더 이상 이수현으로 살아갈 수 없다. 그렇다고 온전한 아렌트가 될 수도 없다.

이곳은 무대가 아니라 피비린내 나는 세상이었다.

아렌트는 그 속에서 홀로 연기를 이어 가며 앞으로도 계속 연기자로 살아가야만 했다.

배신자에게서 강탈한 이름에 책임을 져야 하는 데다······.

그래야만 지금의 세상이 존속할 수 있을 테니까.

체르니온에게 원한을 샀으니, 불면증은 나아지지 않을 것이다.

이따금 발작도 일으킬 것이고, 문득문득 지독한 상실감을 느끼며 미칠 것 같은 이질감에 시달리기도 할 터였다.

하지만 괜찮았다.

'전부 다 내 선택이 낳은 결과니까.'

무엇보다, 어떻게든 거리를 두려 해도 끈덕지게 따라붙으며 귀찮게 구는 놈들이 있으니…….

이곳에서의 쓰레기 같은 삶도 나쁘지만은 않을 것 같았다.

"그러니까 선배도 죽지 마세요."

아렌트가 덤덤하게 말했다.

"다른 사람들한테도 그렇게 전해요. 한 명이라도 죽으면 내 싸움도 의미가 없어져 버리니까."

감정이라고는 전혀 느껴지지 않았지만, 아서는 본능적으로 알아차릴 수 있었다.

저건 분명 아렌트가 단 한 번도 보인 적 없는 진심이었다.

"……당연하지, 새끼야."

아서가 얼굴을 일그러뜨리며 억지로 미소 지었다.

"너 때문에라도 절대 안 죽을 테니까 안심해. 어떻게든 살아남아서 너 구박해야 하는데, 죽긴 왜 죽어?"

"구박은 무슨. 어디 할 수 있으면 해 봐요. 질질 짜지나 않으면 다행이지."

아렌트가 피식 웃음을 터뜨리며 의자에 몸을 툭 기댔다.

편하게 미소 짓는 얼굴을 보니 어쩐지 아서 역시 조금

이나마 마음을 놓을 수 있었다.

한숨을 푹 내쉰 아서는 뒤늦게 밀려든 민망함에 머리를 벅벅 긁었다.

"말하는 꼴 보아하니 이제 멀쩡한 모양이네. 싸가지 없는 놈 같으니."

"아까 분명히 말했을 텐데요. 안 괜찮……."

막 익숙한 말다툼이 시작되려던 바로 그때.

두 사람이 동시에 멈칫했다.

아서의 품 안에 넣어둔 통신구가 작게 진동하며 빛을 내기 시작한 거였다.

2장. 그러고도 남을 높이라

그러고도 남을 놈이라

 급한 연락이 온 지 얼마 지나지 않아 렉시온이 직접 여관으로 마중 나왔다. 그러는 사이 두 사람은 이미 떠날 준비를 마친 뒤였다.
 아렌트와 눈을 마주친 렉시온이 작게 불평했다.
 "완전히 이동수단 취급이군."
 "어쩌겠어요. 팔자려니 하세요."
 아렌트가 어깨를 으쓱하며 대답했다. 그를 힐끗 본 렉시온이 못마땅하게 대꾸했다.
 "혀 놀리는 걸 보니 이제 좀 살 만한가 봐?"
 "그래서 유감스러우십니까?"
 "하여튼, 말이나 못 하면."
 뻔뻔한 대답에 렉시온이 혀를 쯧 차며 마법을 시전했다.

두 사람은 렉시온의 마법에 몸을 싣고 채 해가 뜨기도 전 황궁에 복귀했다.

아직 일과 시작 시간도 되지 않았건만, 3기사단은 모두 다 대기 태세였다. 아서를 생활관에 내버려둔 뒤, 아렌트는 제복으로 갈아입고 황태자의 집무실로 향했다.

똑똑.

노크하고 잠시 기다리자 제레온이 나와서 문을 열어 주었다.

"아렌트 경, 어서 오세요."

"썩 좋은 아침은 아니네요, 보좌관님."

삐딱하게 고개를 까닥여 인사한 아렌트는 곧장 안으로 들어갔다.

라이오스와 다이아나, 켄드릭, 거기에 르웰린까지 이미 소파에 자리를 잡고 있었다. 가장 상석에 앉은 칸타레스가 아렌트를 발견하고는 아는 척을 해 왔다.

"왔냐?"

"넵. 왔습니다."

그들과 약간 거리를 둔 곳에 자리를 잡고 선 아렌트가 인사조차 생략하고 대꾸했다.

"그러니까 일단 설명부터 해 주시죠. 뭐가 어떻게 됐다고요?"

참 한결같은 모습에 칸타레스의 표정이 다소 떨떠름해졌다.

"아프다고 들었다만, 아무래도 멀쩡해진 것 같은데."

"……송구합니다, 전하. 언젠가는 말버릇을 고쳐 놓겠습니다."

라이오스가 그렇게 말한 순간, 아렌트를 제외한 모두의 시선이 그에게 모였다.

질렸다는 눈빛들이 한마음으로 이렇게 말하고 있었다.

아직도 포기 안 했냐?

하지만 그것도 잠시, 한숨을 푹 내쉰 칸타레스가 손을 휘휘 내저으며 화제를 원래대로 돌려놓았다.

"네가 들은 그대로야. 루카인 왕국에서 급보가 도착했다. 국왕 전하께서 갑자기 승하하셨다더군."

"진짜 환장하겠네."

아렌트가 얼굴을 살짝 구겼다. 분명 루카인 왕국에서 회담이 열렸을 때까지만 해도 건재하던 왕이었다. 그런 그가 돌연 사망했다는 건 분명 이상한 일이었다.

"사인은요?"

"지병의 악화……. 빅토르 왕세자의 이름으로 온 부고에는 그렇게 쓰여 있다만. 서재에서 쓰러져 계신 것을 시종이 발견했고, 이틀 뒤에 숨을 거두셨다고 해."

아렌트의 질문에 황태자가 찜찜한 얼굴로 대답했다. 그러자 르웰린이 끼어들었다.

"말도 안 됩니다. 그렇게 정정하시던 분이 갑자기 지병이라뇨?"

"문제는 바로 그 부분이지. 물론 우리가 모르는 사정이 있을지도 모르지만……. 시기가 참 공교롭단 말이야."

르웰린에게 고개를 끄덕여 준 칸타레스가 다시 아렌트를 보았다.

"너라면 무슨 뜻인지 이미 이해했겠지."

"얼마 전 빅토르 왕세자 저하의 숙부 되시는 분이 입궁하셨다고 하셨죠."

아렌트가 살짝 인상을 찌푸리며 대답했다.

언젠가 황태자와 담소를 나누며 들었던 내용이었다.

루카인 왕국의 국왕은 악신교와의 전쟁을 대비하기 위해 자신의 동생인 미들턴 공작을 성으로 불러들였다.

그리고 얼마 지나지 않아 이런 일이 터진 것이다.

쯧 혀를 찬 아렌트가 말했다.

"이쪽으로 오기 전, 노이만 상단의 정보상을 통해 확인해 봤습니다. 루카인 왕국의 전하께서 병중이라는 소식은 어디에도 없었어요."

"이쪽도 마찬가지다. 왕실 사람들의 건강 상태는 극비로 치부되는 부분이긴 하다만, 전하께서 어떠한 병환을 앓고 계셨던 흔적은 찾아볼 수 없더군."

칸타레스가 얼굴을 굳히며 대답했다.

뒤이어 1기사단장 켄드릭이 입을 열었다.

"역시 암살의 가능성을 염두에 둘 수밖에 없는 상황입

니다."

"시기상, 배후는 왕세자 저하의 숙부이신 미들턴 공작이 유력하겠지요."

다이아나 역시 동의하자 아렌트가 새로운 질문을 꺼냈다.

"부고가 도착한 건 언제인데요?"

"오늘 새벽. 네게 급히 연락을 하기 두어 시간 전이었지."

칸타레스가 답을 내어 주었다.

부고가, 그것도 한 나라의 국왕이 급사했다는 소식을 알리는 연락이 도착하기에는 상당히 부자연스러운 시간이었다.

거기에 르웰린이 말을 더 얹었다.

"형님께 통신구로 연락을 넣어서 확인해 보니, 우리 왕국에도 비슷한 시간에 전령이 도착했다고 말씀하시더라. 네펠레 왕국 측도 마찬가지고."

거의 동시에 부고가 도착하도록 빅토르 왕세자가 미리 손을 썼다는 뜻이었다.

잠깐 생각하던 아렌트가 고개를 들고 물었다.

"내용은요?"

"별다를 건 없었어. 얼마 뒤 국장을 치를 예정이니 가능하다면 참석해 달라는 말이 전부더군."

칸타레스의 대답을 흘려들으며, 아렌트는 빠르게 생각

을 정리했다.

왕이 사망한 것은 사실일 것이다.

왕세자가 설마 그런 것으로 거짓말을 할 이유는 없을 테니까.

'그렇다면 적어도 며칠은 지난 일이겠지.'

루카인 왕국에서 보낸 전령들이 각 나라에 도착할 때까지는 제법 시간이 걸렸을 테니까.

그런데도 노이만 상단이나 탐험가 연합 측에서는 아무런 보고도 들려오지 않은 것을 보면, 왕실 내부에서 외부로 소식이 새어나가지 않도록 철저히 입단속을 시키고 있다는 뜻이었다.

'그런 와중에 부고를 알린 건 빅토르 왕세자의 독단인가.'

그렇다면 이미 왕국 내부는 국왕을 시해한 사람들에게 장악당한 뒤고, 왕세자 역시 안전하지 못한 상황일지도 몰랐다.

아렌트는 다시 고개를 들어 황태자를 보았다.

"그래서, 전하 생각은 어떠신데요?"

"빅토르 왕세자가 위험에 처해 있다고 판단했다. 내부 시선을 피해 기습적으로 부고를 알린 건 아마 도와 달라는 신호일 테고."

대충 예상했던 대답이 돌아왔다.

"이미 왕국 내부는 반란군에게 장악당했을 거다. 반란

군은 국왕 전하의 죽음을 숨기려 했지만, 왕세자가 그들 몰래 우리에게 연통을 보냈겠지. 평범한 부고의 형태인 것은 혹여 들킬지도 모른다는 가능성을 염두에 뒀을 가능성이 커."

칸타레스의 말이 이어졌다.

"그렇다면 왕세자는 전하를 시해한 내부 세력과 대치 중이라는 뜻이겠지. 그리고 한 가지 더."

팔짱을 낀 황태자가 인상을 찌푸렸다.

"전하를 시해한 배후에 악신교가 있을 가능성도 염두에 둬야겠지."

평범한 시해 사건이라면 일개 견습 기사인 아렌트를 굳이 불러들일 필요도 없었을 것이다.

하지만 이런 상황에서는 악신교가 연관되었을 가능성을 배제할 수 없는 게 현실이었다.

그래서 황궁 외부에 있던 아서와 아렌트를 급히 소환할 수밖에 없었다.

체르니온 교가 다시 움직이기 시작한 거라면, 그들의 원한을 단단히 산 아렌트가 홀로 동떨어져 있는 건 위험했으니까.

"거기까지는 저와 생각이 같으시네요. 그리고 세 분은⋯⋯."

아렌트는 나란히 앉은 단장들 쪽으로 시선을 옮겼다.

"그냥 듣고만 계셨을 리는 없고. 당연히 다른 의견도

있으셨겠죠?"

견습 기사와 눈을 마주친 라이오스가 운을 뗐다.

"그것 자체가 체르니온 교단의 함정일 가능성도 무시할 수 없다는 말씀을 드리고 있었다."

아렌트가 도착하기 직전까지도 그들은 의견을 좁히지 못하고 있었다. 다이아나가 골치 아프다는 듯 눈썹을 구겼다.

"이미 빅토르 왕세자 저하 역시 그들의 손에 넘어갔을지도 모르니까. 그렇다면 국왕 전하의 승하를 핑계로 각 나라의 수장들을 모아서 한꺼번에 습격할 속셈일 가능성도 무시할 수는 없지."

"그렇죠."

아렌트가 고개를 끄덕였다. 르웰린이 끙 앓는 소리를 내며 머리를 긁적였다.

"그렇다고 무시할 수도 없지. 잘못했다간 루카인 왕국 전체가 악신교의 수중으로 떨어질지도 모르니까."

그 부분에서 좀처럼 의견이 좁혀지지 않았다. 칸타레스가 인상을 찌푸렸다.

"출발한다면 최대한 빨리 움직이는 게 낫겠지. 일단은 날이 밝는 대로 네펠레 왕국과 에버란 왕국 측과도 상의해 볼 생각이지만……. 방금 짧게 통신을 나눴는데, 그쪽도 어떻게 대처할지 감을 잡지 못한 상태더군."

모두의 안위가 걸려 있으니, 신중해질 수밖에 없는 사

안이었다.

아렌트는 그 자리에 멀뚱멀뚱 선 채 눈을 깜빡였다.

황태자의 집무실에 짧은 침묵이 감돌았다.

아무도 쉽사리 입을 열지 못하는 상황에서, 문득 그들은 불길함을 느꼈다.

이런 상황을 견디지 못하는 한 녀석이 동석했다는 사실을 뒤늦게 깨달은 것이다.

그리고 아니나 다를까.

"잘하시는 짓입니다."

뚱한 목소리가 날카롭게 정적을 파고들었다.

"아주 여유들이 넘치시는 모양입니다? 시급한 일이라고들 말씀하시면서 이렇게 시간 낭비나 하고 계신 걸 보아 하니까요."

"……."

"이러다간 빅토르 왕세자 저하가 시신으로 발견되거나, 악신교가 루카인 왕국을 완전히 차지하고 나서야 움직이시겠네요."

오랜만에 들은 서슴없는 욕에 칸타레스가 황망히 중얼거렸다.

"저 자식 멀쩡한 거 맞네."

"……송구합니다. 진심으로."

라이오스가 부끄러워 죽겠다는 듯 얼굴을 파묻었다. 켄드릭이 머쓱한 웃음을 터뜨렸다.

"답답한 건 알겠지만, 좀 봐줄 수는 없겠나? 아직 소식이 도착한 지 얼마 되지도 않았어."

"뭐. 아직은 그렇겠죠. 그런데 제 눈에는 미래가 뻔히 보입니다만."

하지만 아렌트는 가차 없었다.

"이러다 우리끼리 결론도 못 내리고서 몇 시간 더 흘러갈 테고. 네펠레 왕국, 에버란 왕국의 높으신 분들과 또 실컷 회의한 뒤에 출발한다고 생각해 보자고요."

"……."

"국장이니 황태자 전하께서 직접 행차하셔야 할 테죠. 준비를 아무리 빠르게 한다고 해도 이틀은 걸릴 테고, 제국에서 왕국까지 느릿느릿 행렬을 이어 가다 보면 또 며칠……."

손가락까지 꼽아 가며 말을 잇던 아렌트가 심드렁한 눈으로 칸타레스를 보았다.

"도착했을 때쯤에는 국왕 전하 관 옆에 왕세자 저하의 관도 놓여 있을 것 같은데요. 어떻게 생각하십니까?"

넋이 나간 채 듣던 황태자가 자신의 얼굴을 쓸어내렸다.

"……누가 저 새끼 입 좀 막아 봐. 정신이 아찔해지네."

하지만 유감스럽게도 그 명령을 수행할 수 있는 사람은 아무도 없었다.

놈이 돌아와서 입을 열기 시작한 순간부터, 집무실 안

에 감돌던 긴장감은 눈 녹듯 사라지고 없었다.

 사실 아렌트를 불러들이자는 이야기를 했을 때부터 예정되어 있던 결과긴 하지만.

 다이아나가 고개를 내저으며 말했다.

 "시간을 절약해야 한다는 데는 동의해. 하지만 그만큼 신중하게 움직여야 하는 것도 사실이다. 그리고 네가 그렇게까지 떠벌리는 걸 보아하니……."

 그녀의 은근한 시선이 견습 기사에게 닿았다.

 "뭔가 좋은 방법이라도 있는 듯한데."

 "좋은 방법이고 자시고, 해야 하는 건 딱 하나밖에 없잖아요."

 아렌트가 어깨를 으쓱였다.

 "루카인 왕국 내부 상황부터 확인해 봐야죠. 만에 하나, 국왕 전하께서 돌아가셨다는 것부터 거짓 정보일지도 모르니까요."

 "누가 그걸 몰라서 그래? 확인할 방법이 없으니까 그렇지. 당장 노이만 상단의 정보상에서도 딱히 건질 만한 게 없다면서. 우리 쪽 녀석들도 마찬가지……."

 짜증스럽게 인상을 구기고 대꾸하려던 르웰린이 말끝을 흐렸다.

 아렌트에게 이런 식으로 따졌을 때 좋게 끝난 적이 단 한 번도 없었다는 걸 새삼 깨달은 것이다.

 "방법이 없다고?"

한없이 무심한 목소리가 들려왔다.

뻣뻣해진 고개를 억지로 움직여 시선을 든 르웰린은, 아렌트의 뚱한 금안과 정면으로 눈을 마주치고 말았다.

얼어붙은 르웰린에게 아렌트가 또박또박 말했다.

"없으면 만들어야지."

"……."

모두가 입을 꾹 다물었다.

결국 한숨을 푹 내쉰 칸타레스가 그를 흘겨보았다.

"말하는 꼴을 보아하니 이미 좋은 방법이라도 떠올린 모양이군."

"뭐, 방금 떠오른 한 가지 수가 있긴 한데요."

아렌트는 슬쩍 르웰린 쪽을 보았다.

그를 따라 황태자도, 한쪽에 앉은 단장들도 자연스레 르웰린에게 시선을 주었다.

한동안 멀뚱멀뚱 있던 르웰린이 눈을 둥그렇게 뜨고 자기 자신을 가리켰다.

"……뭐. 나?"

"정보상의 연줄도, 탐험가 연합도 별 쓸모가 없다면 남은 방법은 하나뿐이죠. 직접 가서 두 눈으로 확인하는 것."

주머니에 손을 찔러 넣은 아렌트가 말을 이었다. 루카인 왕국까지 어떻게 갈 거냐는 바보 같은 질문을 하는 사람은 아무도 없었다.

망할 놈의 견습 기사에게 뒷덜미를 잘못 잡힌 가여운 드래곤이 하나 있었으니까.

"전하께서 필요한 절차를 밟으시는 동안, 선발대가 먼저 가서 상황 파악부터 하는 겁니다. 더 늦기 전에요."

"그 선발대가……. 나라는 말이지?"

르웰린이 얼떨떨하게 묻는 말에 아렌트가 고개를 끄덕여 주었다.

"왕궁에 들어가려면 왕족 정도 되는 신분이 필요해. 그리고 그 정도 되는 인간 중 그 시간, 그 장소에 있어도 전혀 이상하지 않을 사람은 너밖에 없으니까."

르웰린이 방랑자라는 사실은 유명했다. 그러니 뜬금없이 불쑥 나타나도 놀라기는 할지언정 크게 의심은 하지 않을 거라는 말이었다.

르웰린이 곤혹스러운 얼굴로 중얼거렸다.

"일단 지금은 칼리온 제국에 머무는 중이라고, 외부에도 그렇게 알려지긴 했을 텐데……."

"갑자기 변덕이 생겨서 잠깐 외유라도 나왔다고 해. 일단 우겨. 다른 나라의 왕자가 그렇게 말하는데 뭐 어쩔 거야?"

아렌트가 그렇게 말하자 가만히 듣던 다이아나가 눈을 가늘게 떴다.

"네 말은, 왕자님을 앞에 세워 잠입이라도 하겠다는 뜻인가?"

"네, 맞습니다. 빅토르 왕세자가 위험한 상황이라면 어떻게든 르웰린을 붙잡아 놓고 제 처지를 알리려 할 테니까요. 만일 미들턴 공작이라는 사람이 왕궁을 장악한 상황이라고 하더라도 상대가 왕족인 이상 함부로 내쫓을 생각은 못 할 테죠."

아렌트가 어깨를 으쓱였다.

"어떻게든 빨리 돌려보내려고 하겠지만, 그거야 저 녀석이 뻔뻔하게 버티면 시간을 끌 수 있을 문제고."

"하지만 너무 위험하지 않나? 왕자님을 혼자 적지에 보내는 것과 마찬가지일 텐데. 그렇다고 우리 중 누군가가 동행하기도 어렵지."

켄드릭이 진지하게 지적했다.

"왕자님께서 칼리온 제국과 가까이 지내신다는 것 역시 유명한 사실이다. 우리 중 누군가가 위장해서 왕자님과 함께 움직이더라도, 제국 출신이란 게 들통나면 틀림없이 문제가 생길 거다."

"말씀대로입니다. 하지만 들키지 않으면 그만이죠."

아렌트의 말에 드물게도 켄드릭이 미간을 찌푸렸다.

"들키지 않으면 그만이라니, 말처럼 쉬운 일은 아닐 텐데. 겉모습은 숨길 수 있겠다만, 평생 살아온 행동이나 어조는 감추기 쉽지 않……."

하지만 그는 말을 끝까지 마치지 못했다. 주변 공기가 미묘해지기 시작했다는 걸 깨달은 것이다.

켄드릭을 제외한 모든 이들이 한쪽을 향해 떨떠름한, 그리고 한편으로는 꺼림칙한 시선을 보내고 있었다.

그 눈빛들에 호응이라도 해 주듯, 아렌트가 선뜻 대답했다.

"물론 쉬운 일은 아닙니다만."

견습 기사의 입가에 의기양양한 미소가 그려졌다.

"어려운 걸 해내는 게 진짜 아니겠습니까?"

일동은 침묵했다.

워낙 기상천외한 재주를 많이 가진 녀석이다 보니, 잠깐 잊고 있었다.

아렌트 폰 에크하르트의 가장 유별난 특기.

바로 얼굴을 갈아 끼우기라도 하는 것처럼 실감 나는 연기였다.

미소를 지우고서 주머니에 손을 질러 넣은 아렌트가 말을 이어 갔다.

"저 혼자서는 불안하실 테니, 렉시온 님도 겸사겸사 끌고 가죠, 뭐. 그 정도면 충분하지 않아요?"

렉시온은 살아온 시간이 긴 만큼 다른 나라 사람 흉내를 내는 것쯤은 어렵지 않을 터였다.

상황 파악만 하고 슬그머니 빠져나와 이후에 합류할 칸타레스의 일행 사이에 끼어들면 큰 문제는 없을 터였다.

하지만 여전히 그들은 시원치 못한 표정이었다.

"분명 그건 유효한 수이긴 하다만……."

칸타레스가 인상을 살짝 찌푸리며 뜸을 들였다.

"네가 직접 움직이겠다고?"

"그럼 누가 가요? 아까 켄드릭 단장님께서 말씀하신 문제도 있고. 호위는 렉시온 님만으로도 충분하겠지만, 정보 수집은 사람이 많을수록 좋은 거잖습니까. 르웰린이 움직이는 데도 한계가 있을 테고."

아렌트가 어깨를 으쓱했다.

"그리고 황실 기사단의 기사들 중 저보다 잠입에 능한 사람은 없다고, 감히 자부하는 바입니다만?"

"……."

제가 잘났다며 뻔뻔하게 지껄이는 꼴을 보자니 뒷골이 조금 뻐근해지는 기분이었다.

그리고 가장 유감스러운 건, 저 말에 틀린 부분이 전혀 없다는 사실이었다.

르웰린이 감탄사를 터뜨렸다.

"진짜 새삼스럽게 재수 없는 놈 같으니……."

"물론 네 말도 맞다만, 아직 몇 가지 걸리는 게 있어. 그리고 그중 가장 중요한 문제는 바로 너야."

칸타레스는 관자놀이를 꾹꾹 누르며 다시 입을 열었다.

"네 상태가 별로 좋지 않다고, 얼마 전에 라이오스 단장에게 그리 보고받은 참이다만. 휴가 겸 파견을 떠났으니, 당분간 쉴 수 있도록 연락을 자제해 달라는 부탁까지 들었지."

"어쩐지 통신구가 잠잠하더라니."

아렌트가 뚱하니 투덜거렸다. 다른 두 단장과 르웰린 역시 비슷한 말을 들었는지 굳은 얼굴로 아렌트를 보고 있었다.

칸타레스가 말을 이었다.

"예상치 못한 사태가 터져서 급히 불러들이긴 했다만……. 네가 다 회복되었다고 확신할 수 없는 이상, 따로 임무를 수행하는 건 썩 바람직하지 않다고 보는데."

"필요 이상의 참견입니다. 도대체 소문을 어디까지 내신 겁니까?"

불만스럽게 자신을 흘겨보는 견습 기사에게, 라이오스가 담담히 대꾸했다.

"네 휴식을 위해서는 당연히 필요한 조치였다."

"뭐, 이래저래 상태가 나빴던 건 부정하지 않겠습니다만……."

라이오스에게서 눈을 뗀 아렌트가 투덜거렸다.

"지금 당장은 문제없습니다. 아서 선배한테 반강제로 끌려다니면서 푹 쉬었거든요."

"확실히 안색이 괜찮아지긴 했는데……. 문제가 생기지 않을 거란 보장은 있고?"

그의 얼굴을 자세히 뜯어보며, 칸타레스가 시원찮다는 듯 물었다. 아렌트는 보란 듯이 주머니에 손을 푹 꽂아 넣었다.

"당연하죠. 그렇게 보셔도 잘생겼다는 건 변함없습니다."

"……."

사방에서 한숨 소리가 터져 나왔다. 심지어는 구석에서 대기하던 제레온마저도 쓴 미소를 짓고 있었다.

이제 새삼 사과하기도 민망해진 라이오스는 그저 얼굴을 쓸어내릴 뿐이었다.

르웰린이 관자놀이를 꾹꾹 누르며 입을 열었다.

"자세한 사정은 우리도 못 들었어. 묻는다고 대답해 줄 것 같지도 않고, 라이오스 단장도 딱히 언급하지 않았으니 더 파고들지는 않겠지만……."

눈을 데굴데굴 굴린 르웰린이 아렌트를 미심쩍게 보았다.

"진짜 괜찮은 거 맞냐? 갑자기 쉬러 나갈 정도였으면 상태가 많이 나빴던 것 같은데. 안 그래도 묘하게 피곤해 보이는 것 같더라니."

상황을 보아하니 휴양을 목적으로 잠시 성 밖으로 나갔다는 핑계를 대며, 아렌트와 아서가 레베카의 성채에 다녀왔다는 건 비밀에 부친 모양이었다.

괜히 악신이며 루체 신의 이야기를 꺼내는 것보다는 그쪽이 훨씬 낫기는 했다.

아렌트가 뚱하니 대답했다.

"이런저런 일에 치여서 안 자고 버텼더니 억지로 끌려나갔을 뿐이야. 문제없어."

"문제가 없다고?"

가만히 듣기만 하던 라이오스가 인상을 쓰고 엄하게 되물었다. 새파란 눈동자에는 알아서 불지 않으면 자신이 다 보고해 버리겠다는 엄포가 담겨 있었다.

아렌트는 결국 얼굴을 와락 구기고 말았다.

"아 진짜, 끈질기네! 문제 있습니다. 있는데 뭐 어쩌라고요? 지금 당장 해결할 수 있는 것도 아닌데."

짜증스럽게 쏘아붙이는 아렌트를 보며 그제야 라이오스가 경고하는 눈빛을 거두었다.

칸타레스와 르웰린, 그리고 다른 두 기사단장도 편안한 표정을 지었다.

덕분에 좀 언짢아진 아렌트는 신경질적으로 말을 이었다.

"푹 쉬다 왔으니 지금 당장 움직이는 데는 지장 없습니다. 병이나 부상 같은 것도 아니니 몸 상태 관리만 하면 괜찮다고요. 만에 하나 문제 생길 것 같으면 바로 렉시온 님께 말씀드려서 철수하겠습니다. 됐습니까?"

"진즉 그렇게 말할 것이지."

칸타레스가 그제야 만족스럽게 고개를 끄덕였다. 켄드릭 역시 수염을 쓸어내리며 흡족하게 중얼거렸다.

"특히 제일 마지막 대목이 제일 마음에 드는군. 자네는 지나치게 저돌적인 면이 있으니 말이야. 그게 젊은이의 특권이긴 하지만."

"저것도 다 어리니 가능한 일이죠. 그래도 라이오스 단장 아래에서 어느 정도 타협하는 방법은 배운 듯하니 다행입니다."

다이아나가 의미심장하게 미소 지으며 고개를 절레절레 내저었다. 그들의 대화가 이어질수록 아렌트는 점점 더 기분이 나빠지고 있었다.

"급한 일이라면서요. 언제까지 시간 끌 셈이십니까?"

"허허, 그렇지. 조금 더 놀렸다가는 아렌트 경이 진짜 화낼 것 같으니 그만하지. 그럴 때도 아닌 듯하니."

켄드릭이 손을 휘휘 내저었다.

"왕자님은 어떠십니까? 가장 중요한 것은 황태자 전하와 왕자님의 뜻이지요."

"나야 물론 불만 없지. 제때 철수하겠다는 말만 지켜진다면야."

르웰린이 선뜻 대답하자 칸타레스가 피식 웃으며 대답했다.

"그 점도 걱정 안 해도 될 겁니다, 왕자. 여차하면 렉시온 님이 그 자리에서 끌어내실 테니까요."

"그나저나 렉시온 님께는 허락을 구하지 않아도 괜찮습니까?"

다이아나의 물음에 라이오스가 떨떠름한 얼굴로 입을

열었다.

"아마도 문제없을 겁니다."

"그분한테 거부권은 없어요. 지금 대화도 어디에서 다 듣고 있을걸요."

뒤이어 아렌트까지 시큰둥하게 말하자 켄드릭이 어색한 웃음을 흘렸다.

"어쩌다 저 망할 녀석에게 걸리셔선……. 위대한 드래곤께서도 제법 고생이 많으시군."

"불평할 자격도 없습니다. 반쯤은 그 사람이 자초한 일이니까요."

아렌트가 불퉁하게 대꾸했다. 어디선가 드래곤이 골치 아프다는 얼굴로 한숨을 푹 내쉬는 모습이 저절로 상상되어, 일행은 고개를 내저었다.

* * *

일단 행동 방침이 정해진 뒤로는 일이 일사천리로 진행되었다.

르웰린이 떠날 준비를 하는 동안, 아렌트는 생활관으로 돌아가 간단하게 상황을 알렸다.

아서는 아렌트가 복귀하자마자 단독 임무에 나선다는 사실이 굉장히 불만스러운 눈치였다. 하지만 그것도 오래 가지 않았다.

"선배는 해 줄 일이 있어요."

그렇게 말한 아렌트는 아서를 다짜고짜 렉시온 앞으로 끌고 갔다.

"뭐야? 뭔데?"

"이 녀석이 희생양이군."

딱하게 중얼거린 렉시온은 일언반구도 없이 곧장 마법을 시전했다.

"딱히 내 의사는 아니니, 원망은 저 애송이에게 하도록."

"예?"

아서가 얼떨떨하게 물으려는 찰나, 검은 마력이 그의 몸을 순식간에 휘감았다.

몇 초 후. 검은 연기 같은 마력이 걷히고 난 자리에는 아서 대신 멍청한 표정을 한 아렌트가 서 있었다.

"……뭐야?"

채 상황 파악을 하지 못한 채 멍청히 되묻던 아서는 제 목에서 나온 아렌트의 목소리에 소스라치게 놀랄 수밖에 없었다.

"야, 이게 뭐야? 렉시온 님! 이건 도대체……."

"혹시 모르니까요. 체르니온 교 놈들이 제가 자리를 비웠단 걸 알아차릴 수도 있으니, 당분간 대역 노릇이나 좀 하세요. 다른 선배들한테는 단장님이 설명해 주실 겁니다."

타당한 말이긴 했다. 아렌트는 악신교의 요주의 인물이었으니까. 하지만 다짜고짜 봉변을 당하는 것과는 또 다른 이야기였다.

"정신 차리고 이거나 챙기세요. 아서 선배는 당분간 유급 휴가로 처리해 주신답니다."

자신의 견습 기사 제복과 서리 어린 손길을 본떠 만든 가죽 장갑을 억지로 건네주며 아렌트가 말했다.

렉시온 역시 곁에서 한마디 얹었다.

"최대한 마력은 움직이지 말도록. 네가 마력을 운용하면 폴리모프 마법이 해제될 수 있다. 비상 상황이 아니라면 검기도 사용하지 마."

"허어……"

아서는 미처 대답도 하지 못하고 멍청히 허공만 볼 뿐이었다. 아렌트는 자신과 똑같은 얼굴로 황망한 표정을 짓는 그에게 놀리듯 말했다.

"왜요. 무조건 편들어 준다면서요?"

"……"

결국 아서는 그를 원망 가득한 눈으로 노려볼 수밖에 없었다.

"진짜 이 망할 새끼. 내가 언젠가는 꼭 복수한다."

"할 수 있으면 해 보시던가요."

피식 웃음을 터뜨린 아렌트는 제복 대신 걸친 어두운색의 망토 후드를 뒤집어썼다.

"그럼 전 갑니다."

"빨리 꺼져 버려."

아서의 욕을 흘려들으며, 아렌트는 다시 렉시온을 보았다. 렉시온은 고개를 절레절레 내젓고는 마력을 운용했다.

잠시 후, 마력 폭풍이 몰아치더니 두 사람의 모습이 홀연히 사라졌다.

"……진짜 망할 녀석 같으니."

혼자 남은 아서는 신경질적으로 머리를 벅벅 긁었다. 하지만 다른 별다른 도리가 있는 건 아니었다.

이렇게 된 이상 어울려 주는 수밖에.

쯧 혀를 찬 아서는 아렌트가 던져주고 간 가짜 가죽 장갑을 손에 끼워 넣었다.

* * *

"……그래서, 아서 경을 너로 변신시키고 왔다고?"

자초지종을 들은 르웰린이 황당하게 되물었다. 아렌트는 뻔뻔하게 고개를 끄덕였다.

"둔해 빠진 선배들 중에서 그나마 상황 파악이 빠른 사람이니까. 어차피 눈속임용 정도일 뿐이니 문제없을 거야. 병가 처리해 두고 생활관에만 처박혀 있을 거라."

"진짜 환장하겠네."

르웰린이 헛웃음을 터뜨리자 렉시온이 고개를 내저었다.

"기상천외하긴 둘째가라면 서럽지."

"그걸 다 들어 주시는 렉시온 님이 하실 말씀은 아니신 듯합니다만……."

"귀찮게 물고 늘어지는 것보다야 해 주고 마는 게 낫지. 뭐 어쨌든 유효한 방법이라는 건 확실하니까."

그렇게 답하는 렉시온도 평소와는 다른 모습이었다.

늘 30대 언저리쯤 되는 인간의 외형을 고수하던 렉시온은 르웰린보다도 좀 더 어린 청년으로 변신해 있었다.

어디에나 있는 수수한 인상에 질이 좋지 않은 망토를 걸친 모습은 영락없는 모험가처럼 보였다.

르웰린이 조금 난색을 표하며 물었다.

"그래 봤자 니케포르의 눈은 속일 수 없는 거 아니에요?"

"그건 어쩔 수 없지. 말했잖아, 그냥 시간 벌기 정도라고."

뚱하니 대답하는 아렌트 역시 시튼과 비슷한 연배의 금발 꼬맹이의 모습을 한 채였다. 렉시온의 마법으로 위장한 아렌트는 누가 봐도 어린 시종으로밖에 보이지 않았다.

이대로 함께 왕궁으로 들어가더라도 르웰린이 재미 삼아 모험에 데리고 나선 심부름꾼 정도로 받아들여질 게 뻔했다.

과자를 또 하나 입에 쏙 넣는 아렌트를 떨떠름하게 보던 르웰린이 말했다.

"너 그러고 있으니까 진짜 애새끼 같다. 누가 널 황실 소속 기사라고 생각하겠냐……."

"진짜 애새끼가 맞는걸요, 왕자님. 여기에 황실 소속 기사처럼 대단한 사람이 어디에 있다고요?"

순진무구한 표정으로 고개를 갸웃하며 그렇게 되묻는 아렌트를 보고 있자니 어쩐지 속이 메스꺼워지는 것 같았다.

"미안한데, 아직은 그렇게 부르지 말아 주라. 내 정신 건강을 위해서라도."

"왕족이란 녀석이 나약하긴."

순식간에 다시 뚱한 얼굴로 돌아온 아렌트가 또다시 과자를 집어 먹었다.

급하게 제국을 떠나 루카인 왕국으로 오긴 했지만, 그렇다고 해서 바로 왕궁으로 갈 수 있는 건 아니었다.

세 사람은 왕국 내 분위기를 살피고, 왕국 내부에서의 목격담을 미리 만들어 둘 필요가 있다는 점에 의견을 모았다.

그래서 일단은 번화가의 어느 사람 많은 식당에서 자리를 차지하고 앉아 시간을 보내는 중이었다.

"그나저나……. 지나치게 평화로운걸."

쿠키 하나를 더 입에 던져 넣으며 아렌트가 눈동자를 굴렸다. 르웰린 역시 고개를 끄덕였다.

"딱히 무슨 일이 터진 것 같지는 않지?"

한 나라의 왕이 세상을 등진다는 것은 국가의 중대사였다. 그런데도 거리의 사람들은 그저 일상을 보내는 데 충실할 뿐이었다.

애도하는 기색도 전혀 보이지 않았고, 술렁이는 이들조차 없었다.

심지어는 왕궁과 가까운 번화가에서도 국장을 준비하는 기색조차 보이지 않으니, 이 평화가 오히려 더 기이하게 보일 지경이었다.

"아직 소식이 퍼지지 않았거나……. 전하께서 돌아가셨다는 것 자체가 거짓말일지도 모르겠는데."

아렌트의 말에 르웰린이 반박했다.

"하지만 부고에는 빅토르 왕세자의 서명이 있었는걸. 나도 살펴봤는데, 딱히 위조한 것처럼 보이지도 않았고."

"그렇다면 왕세자가 각 나라의 중진들을 불러모으기 위해서 거짓말을 했을 가능성도 있겠군. 미들턴 공작이라는 사람과 한패일지도 모르고……."

오렌지 주스를 홀짝인 아렌트가 렉시온 쪽을 보았다.

"렉시온 님은 어떻게 생각해요?"

"너희들끼리 알아서 해라. 성가셔. 여기까지 따라와 준 것만 해도 감사히 여겨야지."

렉시온이 손을 휘휘 내저었다. 그러자 아렌트가 주스 잔을 내려놓고서 시큰둥하게 말했다.

"그러시다면야, 어쩔 수 없죠. 멋모르고 여기저기 들쑤시고 다니면서 일을 더 크게 만들 수밖에."

"……."

"지금 당장도 소란 피우는 것 정도야 가능한데. 해 볼까요? 숨어 있던 악신교 놈들이 우르르 쏟아져 나올지도 모르잖습니까."

렉시온과 르웰린이 동시에 입을 다물었다.

그러거나 말거나, 아렌트는 와삭와삭 디저트로 나온 과자를 하나 더 입에 던져 넣을 뿐이었다.

르웰린이 슬쩍 렉시온의 옷소매를 당겼다.

"그, 렉시온 님. 짚이는 게 있으시다면 뭐라도 말씀해 주실 수는 없나요? 저 새끼는 진짜 그러고도 남을 놈이라 좀 무섭습니다."

잠깐 입을 다물고 있던 렉시온이 입을 열었다.

"……뭐라 확답은 못 하겠다. 어둠의 신성력을 가진 존재도 당장은 눈에 띄지 않는군. 하지만 부고 자체가 함정일 가능성은 배제하지 않는 게 나을 거다. 어쩌면 왕세자가 직접 왕을 살해했을 가능성도 있고. 평범하게 생각하자면 왕세자에게는 굳이 왕을 죽일 동기가 없을 듯하지만, 왕세자가 그쪽 교단에 합류한 거라면 말이 달라져."

"역시 그렇죠?"

아렌트가 아무 일도 없었다는 것처럼 고개를 끄덕였다.

"그렇다면 역시 부딪쳐 봐야 뭐든 알게 되겠네요."

어쩐지 앳된 모습을 한 아렌트의 눈동자에 은근한 이채가 도는 것 같았다.

그 모습을 본 렉시온이 질린 표정을 지었다.

"……내 기분 탓인가? 어째 생기가 도는 것 같군."

"모르셨습니까? 저 녀석은 이상한 꿍꿍이를 꾸밀 때야말로 삶의 보람을 느끼는 놈이라고요."

르웰린 역시 꺼림칙한 표정으로 맞장구쳤다. 잠깐 생각하던 아렌트가 다시 입을 열었다.

"무턱대고 쳐들어가는 건 좀 그렇고, 적당한 명분 정도는 필요할 것 같은데. 왕궁 안에 친한 지인은 없냐? 굳이 왕세자 저하가 아니라도 괜찮을 텐데. 다른 왕실 사람이나, 아니면 귀족이라던가."

지금 당장은 앳된 소년 모습을 하고 있었지만, 어쩐지 그 모습 위로 아렌트 특유의 시큰둥한 낯짝이 겹쳐 보이는 것 같았다.

"딱히. 이사벨라 누님이랑은 그때 네펠레 왕국에 있으면서 친해졌을 뿐이고……."

르웰린이 기억을 더듬듯 살짝 인상을 쓰며 대답했다.

"솔직히 칼리온 제국에 드나들기 전까지는 유력가들이랑 친해질 일은 거의 없었어. 이곳저곳 쏘다니기 바빴으니까."

"뭐, 그렇겠지. 에버란 왕국의 유명한 문제아 왕자님이시니."

"딱히 부정은 안 하겠지만, 너한테 문제아니 뭐니 하는 소리는 안 듣고 싶거든?"

아렌트의 시큰둥한 대꾸에 르웰린이 사납게 으르렁거렸다. 하지만 그 항의는 당연히 무시당했다.

커다란 눈을 데굴데굴 굴리며 잠깐 머리를 굴리던 아렌트가 입을 열었다.

"딱 한 가지 떠오르는 방법이 있긴 한데."

"뭔데, 이 자식아."

르웰린이 불만스럽게 물었다. 렉시온 역시 영 불안하다는 눈으로 아렌트를 보았다. 그들에게는 시선조차 주지 않은 채, 아렌트가 심드렁하게 대꾸했다.

"아주 역사가 유구한 잠입 방식이 하나 있지."

"……."

"혹시 개수작이 아닌가 의심하더라도, 주변 사람 시선을 의식해서 어쩔 수 없이 스스로 문을 열어 주게 되어 있는 그런 수법."

아렌트를 바라보는 두 사람의 시선에 불안감이 녹아들었다. 그러거나 말거나, 아렌트는 익숙지 않은 모습으로 변한 제 손을 몇 번 쥐었다 펴며 생각에 잠겼다.

원래보다 작은 체구와 앳된 얼굴을 어떻게 효율적으로

써먹을지 고민하는 눈치였다.

그리고 잠시 후.

다시 고개를 든 아렌트가 생글 미소 지으며 르웰린을 보았다.

그와 눈을 마주친 순간, 르웰린은 등줄기에 오소소 소름이 끼치는 걸 느꼈다.

"이 정도면 에버란 왕국 출신 사람처럼 보이나요? 어조는 이런 느낌이었던 것 같은데."

아렌트는 생기 넘치는 소년답게 웃으며 말을 걸어왔다.

저도 모르게 뒤로 몸을 쑥 뺀 르웰린이 떨떠름하게 대답했다.

"아니, 그, 어조는 완벽하긴 한데……."

저게 아렌트 폰 에크하르트라고 생각하니 악몽에라도 나올 것 같았다.

렉시온 역시 심히 꺼림칙하다는 표정을 짓고 있었다.

그러나 다행스럽게도 천진난만한 미소는 금세 지워졌다. 뭐가 마음에 안 드는지, 아렌트는 다시 눈썹을 좁히며 고개를 갸웃했다.

"이건 좀 아닌데. 이건 너무 바보 같잖아. 높으신 분을 모시는 시종이니까, 좀 더 주눅 든 느낌으로……."

짧은 고민의 끝에서 얼굴을 천천히 한 번 쓸어내린 아렌트가 시선을 아래로 내리깔았다.

방금까지만 해도 생기 넘치는 소년 행세를 하던 그의 안색이 순식간에 나빠졌다.

"그, 르웰린 님, 이런 말씀 드리기 정말 송구하지만……."

그리고 아렌트의 입에서 잔뜩 움츠러든 것 같은 앳된 목소리가 흘러나왔다. 시선을 아래로 내리깐 채 소심하게 우물쭈물하던 소년, 아렌트가 가까스로 르웰린의 옷깃을 꽉 붙잡았다.

"갑자기 몸 상태가 안 좋아진 것 같은데……. 조, 조금만 더 쉬었다가 가면 안 될까요?"

위장이 뒤틀린다는 듯 한쪽 팔로는 자신의 배를 감싸 쥐고, 불쌍한 눈으로 올려다보는 소년은 누가 봐도 동정심을 유발할 수밖에 없는 모습이었다.

르웰린의 낯빛이 금방이라도 기절할 것처럼 창백해졌다.

"야, 잠깐만, 좀 봐주면 안 되냐? 나 마음의 준비가 아직 안 됐거든?"

"죄송합니다, 진짜 조금만……. 금방 괜찮아질 것 같아요. 정말입니다."

그걸 모를 리 없는데도, 아렌트는 연기를 멈추지 않았다.

굉장히 흉한 것 보는 듯한 눈으로 쳐다보던 렉시온은 조용히 세 사람 주변을 감싸고 있던 음파 차단 마법을 해

제했다.

그러자 아렌트는 목소리를 좀 더 크게 해 대사를 실감 나게 읊었다.

"죄송합니다, 저 때문에 일정이……. 정말 잠깐이면 됩니다. 괜찮아질 것 같아요."

숨을 헐떡이는 애처로운 목소리에 주변 사람들이 하나 둘 고개를 돌리기 시작했다. 그 시선을 감지한 아렌트는 아예 본격적으로 테이블 위에 몸을 웅크렸다.

그리고는 넋이 나간 바람에 아직 제대로 된 대답도 하지 못한 르웰린을 향해 혼자서 말하기 시작했다.

"아닙니다, 그렇게 걱정하실 정도는 아니에요. 정말입니다."

"……저기, 괜찮으세요? 타지 사람인 것 같은데. 어디 안 좋은 곳이라도 있나요?"

결국 상황을 눈여겨보던 식당의 상냥한 점원이 걱정스러운 얼굴로 가까이 다가왔다.

파리해진 얼굴로 겨우 고개를 든 아렌트가 양손을 급하게 내저었다.

"아니에요, 괜찮아요. 정말로. 르웰린 님의 여정에 방해가 될 수는 없으니까……."

"세상에나, 이걸 어쩌지? 치료사라도 불러 드릴까요? 왕궁 근처까지는 가야 할 텐데. 일단 누울 자리라도 만들어 드릴까요?"

홀라당 넘어간 점원이 본격적으로 소란을 피우기 시작하자 주변 테이블을 가득 채우고 있던 손님들 역시 하나둘씩 참견하기 시작했다.

"저런, 몸을 엄청 떠는군. 여행자인 것 같은데. 황야를 건너다가 열병에라도 걸린 것 아닌가?"

"아니면 상한 음식을 먹었나? 여기 주인장 좀 나와 보라 그래! 가게에 환자가 생겼다고."

누군가가 점원을 재촉하자 점원이 고개를 끄덕이고는 헐레벌떡 안쪽으로 들어갔다.

하지만 지금 진정 죽기 일보 직전이 된 사람은 아렌트가 아니라 르웰린이었다.

점점 더 쳐다보는 눈이 많아지고 있었다. 하지만 머릿속이 새하얘진 탓에 르웰린은 여전히 뻣뻣하게 굳은 채였다.

결국, 보다 못한 아렌트가 테이블 아래로 손을 넣어 르웰린의 허벅지를 호되게 꼬집었다.

"……!"

우당탕!

비명이 터져 나오려는 것을 가까스로 삼켜낸 르웰린이 벌떡 자리에서 일어났다.

그러자 아렌트에게 향했던 시선들이 순식간에 르웰린에게 몰렸다.

그제야 르웰린은 정신을 차리고 허둥지둥 말했다.

"아, 아닙니다! 괜찮습니다. 저희가 치료사에게 데려가 겠습니다. 렉시온, 아니, 그러니까, 렉! 얼른 애 좀 업어 봐!"

어설프기 그지없는 대사였지만, 어떻게든 상황을 수습하는 데는 성공한 듯했다.

"알겠습니다."

렉시온은 굉장히 내키지 않는다는 표정으로 대답하고는 아렌트를 업었다.

사람들은 걱정이 뚝뚝 떨어지는 눈으로 그들을 보았지만, 굳이 더 나서서 참견하지는 않았다.

르웰린은 뒤도 돌아보지 않고 도망치듯 부리나케 식당 바깥으로 빠져나갔고, 렉시온 역시 그 뒤를 따랐다.

"너 진짜 나중에 보자."

사람들의 눈을 피해 작게 으르렁거리는 르웰린에게, 렉시온의 등에 업힌 아렌트가 시큰둥하니 대꾸했다.

"꼬우면 네가 더 빨리 움직였어야지."

목적지는 당연히 얼마 떨어지지 않은 왕궁이었다.

* * *

해가 채 저물기도 전, 칸타레스는 다시 기사단장들을 불러 모았다.

세 사람이 자리를 잡자마자 황태자가 본론을 꺼냈다.

"르웰린 왕자에게서 연락이 왔다. 세 사람 다 왕궁 내부에 무사히 들어갔다고 하더군."

"생각보다 빠르군요. 황궁을 떠나신 지 몇 시간도 채 되지 않았는데."

다이아나가 놀란 표정으로 대답했다. 그러자 칸타레스의 표정이 미묘해졌다.

"아무래도 왕자가 아렌트에게 상당히 험한 꼴을 당한 듯 하더군. 목소리가 상당히 안 좋던데."

"……."

라이오스가 얼굴을 쓸어내리면서 짧게 한숨을 내쉬었다.

칸타레스는 라이오스에게 동정 섞인 눈빛을 보내면서 말을 이어 갔다.

"어쨌든, 선발대를 보낸다는 판단은 옳았던 듯하다. 상황이 조금 이상하게 돌아가고 있어."

"그렇다면 부고는 거짓 소식이었습니까?"

켄드릭의 물음에 칸타레스가 대답했다.

"아직 뭐라 확답할 수 있는 단계는 아니지만, 국장을 준비하는 기색은 전혀 보이지 않는다고 하니……. 신중하게 움직일 필요는 있겠군. 변화가도 평소와 같고, 심지어는 왕궁 내부도 조용하다고 하니까."

이제 막 왕궁에 발을 들인 터라 자세한 상황을 파악하지는 못했지만, 당장 출발하려던 에버란 왕국과 네펠레 왕국의 일행들의 발을 잠시 멈추기에는 그 정도로도 충분했다.

"그리고 왕궁에 들어가자마자 빅토르 왕세자가 먼저 르웰린 왕자에게 면담을 청했다고 하더군. 아무래도 왕세자가 마음이 상당히 급한 모양이야."

확실히 루카인 왕궁 내부에 뭔가 일어난 것만은 확실한 것 같았다.

칸타레스의 말이 이어졌다.

"에버란 왕국과 네펠레 왕국에도 상황을 공유 중이니, 일단은 그쪽에서 뭐라도 알아낼 때까지는 떠날 채비를 하며 상황을 지켜보는 게 좋겠어."

"옳으신 말씀이십니다. 기사단 역시 움직일 수 있도록 준비하는 것이 좋을까요?"

다이아나의 물음에 칸타레스가 고개를 끄덕였다.

"그래. 다들 출격 준비를 시작해. 만에 하나라는 것이 있으니까."

단장들이 얼굴을 굳혔다. 켄드릭이 대표해서 대답했다.

"예. 명 받들겠습니다."

어떤 식으로든 그들은 조만간 제국을 떠나게 될 터였다.

그게 한 나라의 수장이었던 이를 애도하기 위한 행렬이 될지, 아니면 세상의 평화를 위협하는 자들을 토벌하기 위한 출정이 될지는 르웰린과 아렌트, 렉시온의 조사 결과에 따라 결정될 것이다.

회의실에 무거운 공기가 흐르기 시작했다.

하지만 그조차 오래가지는 않았다. 살짝 인상을 찌푸린 칸타레스가 문득 입을 연 것이다.

"……그러고 보니 아서 경은 괜찮나?"

"……예에."

잠깐 뜸을 들이던 라이오스가 답지 않게도 애매한 대답을 내어놓았다.

"아서 본인보다도 기사단의 다른 일원들이 괴로워하긴 합니다만, 그럭저럭 괜찮은 것 같습니다."

"그럴 만도 하지."

켄드릭이 딱하다는 듯 고개를 끄덕였다.

자주 붙어 다니긴 하지만, 언제나 개와 고양이마냥 싸워대는 게 아서와 아렌트였다.

그만큼 성격이 다른 두 사람인데, 아서가 아렌트의 모습을 하고 있으니 지켜보는 사람이 느끼는 이질감은 장난이 아닐 것이다.

"르웰린 왕자님도 그렇지만, 아서 경과 3기사단도 고생이 많군."

다이아나가 안쓰럽게 말하자 라이오스가 착잡하게 대답했다.

"그래도 어쩔 수 없는 일이니, 최대한 외출을 자제하도록 권고했습니다. 마법이 해제되는 것도 곤란하니 아렌트가 복귀할 때까지는 수련도 금지시켰습니다."

"옆에 있으나 없으나, 그 망할 견습 기사 녀석은 존재감이 장난이 아니군."

칸타레스의 쓴웃음에 단장들은 모두 다 조용히 동의했다.

그래도 지금 가장 고생할 사람은 르웰린일테니, 그의 안녕이나 마음속으로 빌어 주기로 한 그들이었다.

* * *

"갑작스러운 방문에도 환대해 주셔서 감사합니다, 저하."

르웰린이 환한 미소를 지으며 빅토르에게 고개를 숙였다. 그러자 그의 맞은편에 앉은 빅토르가 파리한 얼굴로 손을 내저었다.

"괜찮습니다. 설마 왕자께서 루카인 왕국에 계실 줄은 몰랐습니다. 칼리온 제국에 계속 체류하고 계신다고 알고 있었습니다만……. 미리 알았더라면 제대로 대접할 수 있도록 준비했을 텐데요."

"하하, 아시다시피 혼자 방랑하는 것을 좋아하거든요. 한곳에 오래 있다 보니 조금 무료해져서 얼마 전에 일행 둘만 데리고 훌쩍 떠나왔습니다."

미리 준비했던 거짓말을 매끄럽게 늘어놓으며, 르웰린은 재빨리 빅토르의 안색을 살폈다.

"그러다 갑자기 꼬맹이 상태가 안 좋아져서요. 급하게 치료사를 찾을 곳도 없는 와중에 다짜고짜 왕궁으로 와 버렸습니다. 저하께서 들여보내 주시지 않으셨다면 어떻게 됐을지, 생각만 해도 아찔하네요."

빅토르는 태연함을 가장하고 있었지만, 상당히 불안해하는 눈치였다.

르웰린을 앞에 두고 대화에 집중하는 척하면서도 왕세자는 연신 눈을 굴리며 주변을 살피고 있었다.

'……감시라도 당하는 건가?'

르웰린은 티 나지 않게 주변을 한 번 훑어보았다. 하지만 주변에 시종 이외의 다른 기척은 느껴지지 않았다.

'애초에 수상한 자가 숨어 있더라면 렉시온 님이 먼저 알아차리셨을 테지.'

르웰린의 수행원을 가장한 렉시온은 두 사람의 대화를 방해하지 않도록 문 옆에 시립해 있었다.

르웰린과 눈이 마주친 렉시온이 가볍게 고개를 내저었다. 당장 이 방 안에서 이상한 점은 눈에 띄지 않는다는 의미였다.

빅토르가 말을 이었다.

"그렇지 않아도 치료사에게 보고 받았습니다만, 딱히

몸에 이상은 없다고 합니다. 단지 피로가 쌓여서 그런 게 아닐까 하더군요."

"일부러 신경 써 주셔서 감사합니다. 처음 여행에 나선 녀석이라 그런가 봅니다. 제가 좀 더 주의했어야 하는데, 어린애에게 미안한 짓을 했네요."

물론 그 어린애는 튼튼하기로는 둘째가라면 서러울 황실 기사단 소속 일원인 데다가, 어지간한 부상으로는 눈 하나 깜짝 안 할 정도로 독한 녀석이지만.

순진한 빅토르 왕세자 앞에서 거짓말을 줄줄 늘어놓자니 어째 양심이 아파 왔다.

하지만 떠보기는 이제부터 시작이었다. 제대로 정보를 캐내지 못한다면 아렌트에게 어떤 욕을 먹을지 모르니, 르웰린은 양심은 잠시 접어 두고서 제 본분에 충실하기로 했다.

"저하께서는 요즘 어떠십니까? 다소 피로해 보이십니다만, 별일은 없으십니까?"

짐짓 아무것도 모르는 척 그렇게 물었다. 그러자 왕세자가 잠깐 입을 다물었다. 어떻게 대답할지 고민하는 눈치였다.

잠시 후, 빅토르가 다소 굳은 얼굴로 입을 열었다.

"……왕자, 혹시 괜찮으시다면 당분간 머물러 가시는 건 어떠십니까?"

이건 또 예상 밖의 반응이었다. 르웰린은 재빨리 렉시

온을 향해 눈짓한 뒤 짐짓 아무것도 모르는 척하며 대답했다.

"그렇게 민폐를 끼칠 수는 없지요. 애도 어디가 많이 아픈 건 아니라고 하니까, 조금만 쉬다가 떠나겠습니다."

"아닙니다. 괜찮습니다."

그러자 빅토르의 목소리가 좀 더 다급해졌다.

"이왕 오셨으니, 좀 더 머물렀다가 가시지요. 심부름꾼 아이도 많이 피로한 듯하니, 무리하지 않는 편이 좋으실 듯합니다."

"그렇게 말씀해 주신다면 물론 사양은 않겠지만……."

르웰린은 일부러 눈썹을 살짝 휘며 고개를 갸웃했다.

"지금 왕궁에는 손님이 와 계신다 들었습니다. 저하의 숙부 되시는 미들턴 공작님이라고 했던가요. 손님이 와 있는 건 전하께도, 공작님께도 불편하지 않겠습니까?"

미들턴 공작과 왕에 대한 화제가 나오자 빅토르의 얼굴이 더욱 파리해졌다. 그러나 왕세자는 애써 미소 지으며 고개를 내저었다.

"괜찮으실 겁니다. 두 분께는 제가 따로 말씀드리겠습니다."

"그렇다면 왕족 된 도리로 직접 찾아뵈고 인사를 드리는 게 좋겠네요."

르웰린은 모르는 척, 조금 더 강하게 나가기로 했다.

"혹시 괜찮으시다면 알현을 청해도 괜찮겠습니까? 예

전에 먼발치에서 한 번 뵙고서는 인사를 드린 적은 따로 없는 듯해서요. 이 기회에 전하께도 한 번쯤은 찾아뵙고 싶습니다."

"그게……."

아니나 다를까, 빅토르는 금세 곤혹스럽다는 표정을 지었다. 르웰린은 이 자리에 있는 게 자신이라 다행이라는 생각을 하고 말았다.

아렌트였다면 빅토르가 상당히 험한 꼴을 당했을 게 틀림없었으니까.

'이 정도면 떠보기는 충분한 것 같고.'

일단 왕도 미들턴 공작과도 당장 만날 수 있는 상황은 아닌 것 같았다. 르웰린은 이쯤에서 화제를 돌려 주었다.

"힘드시다면 굳이 무리하시진 않으셔도 괜찮습니다. 그렇다면 이따가 저녁에 저랑 따로 술잔이나 기울이시죠."

해맑게 웃으며 그리 말하는 르웰린 덕분에 빅토르는 그제야 안도한 듯 창백한 얼굴에 다시 미소를 띠었다.

"예, 예. 그러시죠. 부디. 제가 밤에 따로 자리를 만들겠습니다. 그렇지 않아도 왕자와는 한 번쯤 대화를 나눠 보고 싶었거든요."

"기대하고 있겠습니다, 저하. 혹시 결례가 되지 않으신다면 편하게 형님이라 불러도 괜찮으시겠습니까? 저하께서는 저희 둘째 형님과 연배가 같으시다 알고 있습니다."

르웰린의 너스레에 빅토르의 표정이 좀 더 밝아졌다.
"물론 괜찮습니다. 얼마든지 편하게 대하세요."
"감사합니다, 형님."
싱글벙글 웃으며 르웰린은 빅토르 몰래 렉시온에게 눈짓했다. 렉시온은 뚱한 얼굴로 고개를 가볍게 끄덕이고는 지금껏 연결해 두었던 통신 마법을 해제했다.
그 수신자는 당연히 지금쯤 치료실의 침대에 처박혀 있을 아렌트였다.

* * *

슬슬 해가 질 무렵이 되어, 치료사는 에버란 왕국의 꼬마가 잠든 침대 쪽으로 다가갔다.
침대를 가린 커튼을 걷어내자마자 치료사는 불안하게 눈을 굴리는 소년과 눈을 마주쳤다.
치료사는 부드럽게 미소 지으며 물었다.
"이제 일어난 모양이구나. 몸 상태는 좀 어떠니?"
"……."
상황을 파악하려는 듯, 소년은 유순한 눈을 몇 번 더 깜빡이다 치료사를 쳐다보았다.
"그……, 여긴 어디예요?"
잠시 후, 소년이 잔뜩 긴장한 목소리로 물었다.
몸을 덮은 이불을 손으로 꽉 쥐고 있는 모습이 퍽 안쓰럽게 보였다. 젊은 치료사는 괜히 더 겁을 주지 않기 위해 최대한 자상하게 말을 이었다.

"루카인 왕궁이란다. 르웰린 왕자님께서 너를 이곳으로 데리고 오셨지."

"아……."

그러자 소년의 표정이 단박에 흐려졌다. 어쩐지 꼬마가 무슨 생각을 하는지도 대충 짐작이 갔다.

'존경하는 왕자님께 짐이 되어서 의기소침해진 모양이군.'

치료사는 그를 위해서 재빨리 화제를 돌렸다.

"그래도 빨리 회복되어서 다행이구나. 원인을 알 수 없어서 걱정 많이 했는데, 역시 그저 피로가 쌓였던 것뿐일 테니 너무 걱정하지 말렴. 금방 다시 왕자님과 함께 여정에 나설 수 있을 거란다."

"그렇…… 겠죠? 감사합니다, 치료사님."

그제야 소년의 얼굴에 흐린 미소가 피어났다. 앳된 낯에 잘 어울리는 순박한 웃음에 치료사 역시 덩달아 미소 지어 주었다.

"그러고 보니 이름도 아직 안 물어봤구나. 뭐라고 부르면 되지?"

"저, 그, 레닌이라고 하는데, 친구들은 그냥 렌이라고 불러요."

어느덧 긴장이 풀렸는지 소년이 쑥스럽게 대답했다. 에

버란 왕국 식의 말투가 유난히도 도드라졌다.

"좋아, 렌. 슬슬 식사 시간인데 뭐라도 먹겠니?"

"네, 네. 신경 써 주셔서 감사합니다. 그…… 치료사님께도 민폐를 끼쳤네요."

얼른 대답하던 시종 꼬마가 다시 시선을 내리깔고 우물거렸다.

"왕궁의 치료사님이면 엄청 대단하신 분일 텐데. 저 따위 때문에 시간을 빼앗기신 것 아닌가요?"

잔뜩 움츠러든 모습이 사람 좋은 치료사의 동정심을 자극하기에 충분한 모습이었다. 치료사가 얼른 고개를 내저었다.

"아니, 그럴 리가. 왕궁의 환자를 치료하는 게 내 일인걸."

"그래도……. 아!"

소심하게 웅얼거리던 렌이 문득 생각났다는 듯 급하게 손뼉을 짝 쳤다. 그리고는 아까보다 다소 생기가 도는 눈으로 다시 치료사를 올려다보았다.

"별 건 아니지만, 그, 먹기 좋은 쿠키를 좀 가지고 있거든요. 다른 지방에 들렀을 때 산 건데, 괜찮으시면 식사 후에 드시겠어요?"

아무래도 이 꼬마는 어떻게든 보답하고 싶은 모양이었다. 치료사는 그 기특한 마음을 사양하지 않기로 했다.

"그거 좋지. 그렇다면 식사 후에 같이 들자꾸나."

그 대답이 못내 기쁜지, 렌의 얼굴에 환한 미소가 번졌다.

"네! 감사합니다, 치료사님."

순박한 웃음에 마음이 따스해지는 기분이었다. 오랜만에 치료사로서 일하는 보람마저 느껴질 지경이었다.

그리고 딱 1시간 후.

그는 수면초가 잔뜩 들어간 쿠키를 먹고서 식사하던 테이블에 그대로 코를 처박는 신세가 되고 말았다.

3장. 아무도 믿지 말라는 건

아무도 믿지 말라는 건

 "단장, 이 미친 인간……. 도대체 나한테 뭘 먹이려고 한 거야?"

 코까지 골며 곯아떨어진 치료사를 보며 아렌트가 질린 목소리를 냈다.

 쿠키를 건네주며 효과는 확실할 거라 호언장담하던 라이오스가 떠올랐다.

 하긴, 황실의 기사 정도 되는 인간을 재우기 위해 만든 것이니 신체 단련도 제대로 하지 않은 치료사 정도야 손쉬울 것이다.

 바로 지금처럼.

 '치료사가 띨띨해서 다행이지.'

 혹시나 수면초가 들어있다는 걸 알아차릴까 염려하기

도 했지만, 덥석 받아먹는 것을 보아하니 아무래도 기우였던 듯했다.

쓴 것을 싫어하는 아렌트에게 먹이기 위해 맛있는 과자로 만들어 낸 라이오스의 눈물겨운 노력이 빛을 발한 순간이었다.

자신의 노력이 이런 곳에서 제일 처음 쓰였다는 걸 알게 된다면 쓰린 위장을 좀 부여잡겠지만, 거기까지는 아렌트가 알 바 아니었다.

'검이 없는 게 좀 아쉽지만…….'

늘 분신처럼 가지고 다니던 검이 없으니 어쩐지 허리춤이 허전했다.

제대로 싸울 줄도 모르는 시종으로 위장하기 위해서 잠시 르웰린에게 맡겨 둔 탓이었다.

"쯧, 어쩔 수 없지."

시종이라는 배역에 검은 썩 잘 어울리는 소품은 아니니까.

곯아떨어진 치료사를 꽁꽁 묶고 입에 재갈까지 물려 둔 뒤, 환자 전용 침대에 대충 처박아 둔 아렌트는 손을 탁탁 털고 주머니에서 서리 어린 손길을 꺼내 착용했다.

폴리모프 마법 때문에 마력 사용도 자제해야 했지만, 그래도 만일의 사태를 대비하기 위함이었다.

"슬슬 움직여 볼까."

마지막으로 슈타들러 백작이 만들어 준 결계 팔찌도 확

인한 뒤, 아렌트는 훌쩍 창문 밖으로 뛰어내렸다.

* * *

저녁 식사 시간이 끝난 무렵이라 그런지 왕궁은 다소 소란스러웠다.

아렌트는 기척을 죽인 채 키가 큰 정원수 위로 올라가 가지 사이에 몸을 숨겼다.

바쁘게 오가는 시종들과 왕궁 밖으로 퇴근하는 귀족 관리들, 그리고 그들의 뒤를 따르는 수행원들을 효과적으로 관찰할 수 있는 위치였다.

"이쯤이면 되려나."

제대로 자리를 잡은 아렌트는 품에서 통신구를 꺼냈다. 얼마 지나지 않아 통신구가 반짝이며 빛을 발하기 시작했다. 르웰린이 통신을 걸어온 거였.

아렌트는 다시 싸가지 없는 견습 기사의 어조를 내기 위해 짧게 목을 가다듬은 뒤 통신에 응했다.

그러자 잔뜩 목소리를 죽인 르웰린의 목소리가 들려왔다.

-어디야? 통신 받아도 괜찮아?

"치료실 밖으로 나왔어. 큰 소리만 안 내면 괜찮아."

-아직 별문제는 없는 모양이네. 금방 사고라도 치지 않을지 걱정했는데. 그나저나 어떻게 빠져나온 거야?

안도하고서 중얼거린 르웰린이 문득 물었다. 아렌트는 기꺼이 그 궁금증에 대답해 주었다.

"수면초 먹여서 재운 뒤에 묶어놓고 나왔는데."

-…….

짧은 침묵이 이어졌다. 그리고 잠시 후, 굉장히 떨떠름한 목소리가 들려왔다.

-……사고는 이미 쳤군. 나중에 수습은 어떻게 하려고?

"내 알 반가? 네가 알아서 해, 왕자님."

-진짜 망할 새끼.

익숙한 욕설이야 그냥 무시해 버리고, 아렌트가 다시 질문을 던졌다.

"보아하니 빅토르 왕세자는 상당히 초조해하는 것 같은데. 미들턴 공작이라는 작자의 위치는 알아냈고?"

한숨을 푹 내쉰 르웰린이 순순히 답을 내어 주었다.

-안 그래도 심부름꾼 꼬맹이한테 물어봤어. 지금 본궁에 머물고 있대. 전하께서 직접 머무실 방까지 준비해 주셨다더라.

"그래서, 중요한 국왕 전하 상태는? 아직 파악 못 했어?"

-어어. 대놓고 물어보기도 민감한 문제라서. 하지만 분위기로 봐선…….

르웰린이 말끝을 흐렸다. 루카인 왕궁은 그저 평화롭기

만 했다. 아무리 봐도 국왕의 신변에 문제가 생긴 것 같지는 않았다.

―최근 며칠 동안 직접 뵌 사람은 없는 모양이야. 미들턴 공작도 거의 자신의 방에서 나오지 않는 상태인 것 같고.

"거기에 빅토르 왕세자가 안절부절못하던 것까지 더해서 짐작해 보자면, 몇 가지 가설은 세울 수 있겠네."

나무줄기에 등을 툭 기대며 아렌트가 무심하게 말했다.

"무사히 생존해 계시는데 누군가가 빅토르 왕세자를 속였거나, 감금당하신 상태라 빅토르 왕세자가 극단적인 방법으로 구조를 요청한 거거나……. 아니면 이미 돌아가셨는데 누군가가 주도해서 숨기고 있는 걸지도 모르지."

―그 누군가라는 건 미들턴 공작을 말하는 거야? 아니면 다른 왕자와 왕녀?

아렌트는 나무 아래로 지나가는 이들을 힐끗 보며 대꾸했다.

"그 사람들이 가장 유력한 용의자라는 건 사실이지만, 속단하기는 이르지. 아직 사태 파악도 제대로 안 된 데다가, 전하를 해치려 한 놈들의 목적도 알 수 없으니까."

―……일단 빅토르 형님은 굳이 그러실 필요가 없어.

잠깐 입을 다물고 있던 르웰린이 다시 운을 뗐다.

아무도 믿지 말라는 건 〈133〉

―어차피 왕위 계승은 결정된 사항이잖아. 악신교가 개입해서 바람을 넣었다면 말이 달라지겠지만.

"그렇다면 악신교는 어째서 이 시점에 루카인 왕국에 해를 가하려는 거지?"

르웰린이 다시 입을 다물자 아렌트가 덧붙였다.

"여하튼, 사소한 것들 전부 다 고려하면서 움직여. 뭐라도 확실해질 때까진 아무도 믿지 말고, 방심도 하지 마. 하나하나 다 눈에 넣으면서 두 번 세 번 곱씹어."

―…….

"멍청하게 긴장한 티 내서 의심이라도 사면 버려 두고 나 혼자 튈 거니까 그렇게 알아."

통신구 너머에서 한동안 침묵이 이어졌다. 짜증을 삭히고 있겠거니 대충 넘겨짚으려던 찰나, 의외의 대답이 돌아왔다.

―망할 자식, 드디어 잔소리다운 잔소리를 하네.

"뭐?"

뜬금없는 말에 아렌트가 살짝 인상을 썼다.

―매번 쓸데없이 심각해지지 말라는 소리나 지껄이더니. 심경의 변화라도 생겼냐?

어째선지 기분이 다소 좋아진 듯한 목소리가 들려왔다. 아렌트는 그제야 그가 무슨 말을 하는지 제대로 이해할 수 있었다.

방금 그가 무심코 늘어놓은 말은 '아렌트'다운 참견이

아니었다. 그렇다고 해서 딱히 '이수현' 같은 행동도 아닌 듯했지만.

대답이 궁색해진 아렌트는 괜히 퉁명스럽게 쏘아붙였다.

"쓸데없는 말 할 시간 있으면 움직이기나 해."

-하여튼 싸가지 없기는 한결같다니까. 안 그래도 곧 약속 시간이야. 형님께서 내 방으로 오시기로 했어.

그러자 다시 툴툴대는 대꾸가 돌아왔다.

"알겠어. 렉시온 님은?"

-왕궁 주변을 둘러본다고 나가셨어.

"뭔가 냄새라도 맡으신 모양이지."

-……지금 옆에 안 계시니까 하는 말인데. 제발 렉시온 님이 사냥개라도 되는 것처럼 이야기하지 말아 줄래? 너 때문에 나까지 그분이 드래곤이라는 걸 종종 잊어버린단 말이야.

아렌트는 르웰린이 질린 목소리로 말하는 것도 묵살해 버렸다.

렉시온이 굳이 자리를 비웠다는 건, 당장 왕궁 내부에는 별다른 위험 요소가 없다고 봐도 무방할 듯했다.

'이 녀석도 아티팩트를 지니고 있으니, 제 몸 하나는 지킬 수 있을 테고.'

조금 과감하게 움직여도 괜찮을 것 같았다. 어차피 시간이 그리 많은 것도 아니니까.

"아침이 되기 전에 안에 결론을 내리자. 빅토르 왕세자를 믿어도 될지 말지, 그 판단은 네가 해."

-쯧, 알았어. 상황이 변하기 전에 어떻게든 해결 봐야 한다는 거지? 최대한 서둘러야 한다는 데는 나도 동감해.

지금 당장은 왕의 부재가 널리 알려지지 않은 것 같지만, 그것도 얼마 못 갈 것이다.

왕궁에 소동이 벌어지기 전 그들 역시 목적을 이뤄야만 했다.

-믿어도 좋아, 이래 봬도 사람 보는 눈은 정확하다고 자부…….

뚝.

하지만 아렌트는 그의 말을 끝까지 듣지도 않고서 통신을 끊어버렸다. 그리고는 잠시 인적이 뜸해질 때를 기다려 나무 위에서 훌쩍 뛰어내렸다.

소리 없이 착지한 아렌트는 정면에 보이는 가장 큰 건물을 향해 시선을 주었다.

'본궁이란 말이지.'

왕이 기거하며 대부분의 행정이 이뤄지는 곳이었다. 왕이 부재중인 상황에 공작이 그런 곳을 차지하고 있다는 게 제법 의미심장하게 느껴졌다.

아렌트는 최대한 기척을 죽이고서 어둠 속에 몸을 숨긴 채 본궁을 향해 움직이기 시작했다.

'왕이 사라진다면…….'

왕위는 자연스럽게 왕세자에게 갈 것이다. 하지만 빅토르 왕세자는 아직 준비가 되지 않았으니, 온갖 트집을 잡으며 계승을 늦추는 것도 불가능한 일은 아닐 것이다.

아렌트는 이곳으로 오기 전 르웰린에게 전해 들은 루카인 왕실의 계보를 떠올렸다.

다른 혈육이 없는 칸타레스와는 달리, 빅토르에게는 아래에 배다른 혈육이 둘 더 있었다.

후궁 소생의 왕자와 왕녀였다.

'남매가 전부 다 사이가 좋고, 왕비와 후궁도 친구처럼 지낸다고 하지만.'

속사정이 어떨지는 아무도 모를 일이었다.

아렌트는 살짝 인상을 찌푸렸다.

'왕이 부재중인 상황에서 왕세자마저 계승권을 잃거나 살해당한다면…….'

후계 다툼이라는 진부하기 짝이 없는 비극이 루카인 왕국을 무대 삼아 펼쳐질 것이다.

가장 유감스러운 건, 그게 연극 따위가 아니라 진짜 피바람이 불어닥치는 현실이라는 거고.

게다가 신에 미쳐 버린 광신도들까지 난입하면 피해가 어디까지 불어날지 가늠할 수조차 없을 것이다.

로브에 매달린 후드를 푹 눌러 쓰며 아렌트가 욕설을 내뱉었다.

"에라, 썩을. 진짜 살다 살다 별꼴을 다 보게 생겼네."

남의 집안싸움에 엮이는 건, 정말 진심으로 달갑잖았다.

* * *

"이 싸가지 없는 자식……."

불 꺼진 통신구를 붙잡고 부들부들 떨고 있자니, 얼마 지나지 않아 정중한 노크 소리가 들려왔다.

퍼뜩 정신을 차린 르웰린이 재빨리 통신구를 가방 깊숙한 곳에 집어넣었다. 거의 동시에 문밖에서 시종의 목소리가 들려왔다.

"르웰린 왕자님, 빅토르 저하께서 오셨습니다."

잠시 후, 문이 열리고 아까보다도 좀 더 안색이 나빠진 빅토르가 시종들을 대동하고서 들어왔다.

"식사는 편하게 하셨습니까, 왕자?"

"네, 형님. 제가 찾아뵀어야 하는 데……. 일부러 여기까지 와 주셔서 감사합니다."

르웰린이 아무것도 모르는 척 밝게 웃으며 맞이했다. 그러자 빅토르 역시 창백한 얼굴에 미소를 드리웠다.

"아닙니다. 귀한 손님이 오셨는데 응당 그래야지요. 모처럼이니 좋은 술을 준비했습니다."

시종들이 빠르게 움직이며 잔 두 개와 고급스러운 안주

를 테이블에 보기 좋게 차려냈다.

"필요하신 게 있으시면 언제든지 불러 주십시오."

마지막 인사를 남긴 시종들이 사람에게 고개 숙여 인사하고는 방 밖으로 물러났다.

탁.

문이 닫히고 드디어 방 안에는 단둘만 남게 되었다.

먼저 착석한 빅토르가 르웰린에게 자리를 권했다.

"앉으시죠, 왕자."

"루카인 왕국의 좋은 술이라니, 아주 기대되네요."

르웰린은 웃으며 그의 맞은편에 앉았다.

하지만 정작 이렇게 독대하려니 어쩐지 손바닥이 축축해지는 것 같았다.

'돌겠네.'

솔직히 왕국 안에 들어올 때까지만 해도 아무 생각 없었지만…….

방금 아렌트와 나눈 대화 때문에 정신이 번쩍 들었다.

자신의 세 치 혀끝에 아주 많은 것들이 달려 있다는 게 이제야 실감 나기 시작한 것이다.

"제가 한 잔 먼저 따라 드리겠습니다, 형님."

하지만 르웰린은 표정을 흩뜨리지 않고 천연덕스럽게 술병을 잡아 직접 빅토르의 잔을 채워 주었다.

'먼저 찾아온 건 이쪽이니, 뭐라도 말을 꺼내겠지.'

나라의 명운이 걸린 중대사이니 빅토르 역시 처음부터

쉽사리 많은 걸 털어놓으려 하지는 않을 터였다.

 잔뜩 움츠러든 왕세자에게서 최대한 많은 정보를 이끌어 내는 것이, 아렌트가 르웰린에게 배정해 준 역할이었다.

 "낮에 왕궁을 잠깐 둘러봤는데, 참 편안한 분위기더군요. 형님의 제안을 거절했더라면 크게 후회할 뻔했습니다."

 자신의 잔도 가득 채우며 르웰린이 사람 좋은 미소를 지었다.

 그리고는 건배를 권하듯, 제 잔을 빅토르 왕세자를 향해 내밀었다.

 "밤은 길 테니, 천천히 대화를 나눠 볼까요?"

* * *

 본궁 근처에서 적당한 곳에 몸을 숨긴 아렌트는 몸을 숨긴 채 인적이 좀 더 뜸해질 때까지 기다렸다.

 '정문으로 들어가는 건 위험할 것 같고.'

 시종으로 위장해 볼까도 잠시 고민했지만, 당장 왕궁 사정이 어떤지 알 수 없는 상황에서는 썩 좋은 방법은 아닌 것 같았다.

 잠깐 머리를 굴리던 그는 대신 다른 방법을 생각했다.

 '이럴 때는 정석대로 움직이는 게 최고지.'

단순하고도 가장 확실한 방법.

한 명의 도둑이 되었다고 생각하고 몰래 침입하는 거였다.

왕이 기거하며 공무를 처리하는 곳인 만큼 곳곳에 기사며 호위병들이 진을 치고 있었지만, 아렌트는 들키지 않고 무사히 후문이 있는 곳까지 다다를 수 있었다.

확실히 이곳은 정문보다 인적이 드물었다.

출입구 앞을 지키고 선 두 명의 기사가 눈을 부릅뜨고서 텅 빈 길을 노려보고 있었다.

그림자 속에 몸을 숨긴 아렌트는 다시 가벼운 고민에 빠졌다.

어둠을 틈타 침입하기에는 후문 근처에 몸을 숨길 곳이 마땅히 보이지 않았던 탓이었다.

게다가 딱 세 명뿐인 기사들의 배치 역시 그랬다.

기척을 숨기는 거야 그다지 어려운 일은 아니었다. 그러나 기사들이 각자 다른 방향을 감시하고 있는 탓에 사각지대가 전혀 없었다.

'머리 좀 썼군.'

아렌트는 인상을 살짝 찌푸렸다.

'전에 왔을 때는 이렇게까지 경비가 철저하지는 않았던 것 같았는데.'

아무래도 회담 당시 알로이스가 암살자를 끌어들였던 일 때문에 더욱 치안이 강화된 것 같았다.

건물 출입구 근처에 숨을 만한 곳이 딱히 보이지 않는 것도 그 때문인 듯했고.

덤으로 연이어지는 악신교 사태 때문에 기사들의 군기가 바짝 든 것도 한몫했다.

물론 보안상으로는 훌륭한 설계였지만, 침입자 입장이 된 아렌트에게 썩 달가운 변화는 아니었다.

"……어쩔 수 없지."

어차피 수습하는 건 자신의 몫이 아니었다.

아렌트는 로브에 달린 후드를 더욱 깊이 눌러썼다.

몇 초 후.

짝!

잔뜩 날을 세운 채 경계하던 기사들의 귓전에 뜬금없는 박수 소리가 파고들었다.

"누, 누구냐!"

흠칫 놀란 기사들이 반사적으로 소리가 들린 곳을 향해 고개를 돌렸다.

곧 그들은 달빛 아래에 홀연히 선 한 소년을 발견했다.

이해할 수 없는 상황에 기사들이 눈을 휘둥그레 떴다.

"어디서 튀어나온 거……."

한 기사가 말을 끝마치기도 전, 아렌트가 먼저 움직였다. 소리도 없이 한 발짝 내디딘 아렌트는 눈 깜짝할 새 그들에게 접근했다.

미처 기사들이 대비할 틈도 없었다.

넋을 놓은 기사의 뒷목을 쳐 간단히 쓰러트린 아렌트는 기절한 자의 허리춤에서 검을 뽑아냈다.

그리고는 뒤늦게 상황을 파악한 기사가 자신을 향해 내지른 검을 막아 냈다.

카아앙!

날카로운 쇳소리가 허공을 찢었다.

"어?"

자신의 공격이 너무나도 간단히 막히자, 기사가 얼빠진 표정을 지었다.

그러나 짧은 방심의 대가는 혹독했다.

야무지게 말아 쥔 작은 주먹에 고스란히 안면을 내어 줘야 했으니까.

뻐어억!

시원스러운 타격음이 맑은 밤하늘에 울려 퍼지고, 기사는 비명도 지르지 못하고서 털썩 쓰러졌다.

"……."

주먹을 거둔 아렌트는 남은 한 사람을 향해 시선을 주었다.

로브 아래의 싸늘한 눈동자와 정면으로 마주친 기사가 기겁하며 주춤 물러섰다.

"적, 적습……!"

막 비명을 지르려던 그였지만, 불행하게도 그 뜻은 이룰 수 없었다.

다음 순간 검집에 들어간 검이 쩍 벌린 입에 콱 들어박힌 탓이었다.

"딱히 당신한테 유감은 없는데."

겁에 질려 창백해진 기사에게 아렌트가 조용히 충고를 건넸다.

"그래도 수련은 좀 더 하는 게 좋을 것 같네."

퍽!

그것을 마지막으로 아렌트는 마지막으로 한 명 남은 기사까지 기절시켰다.

그들의 입에 라이오스가 준 쿠키를 한가득 쑤셔 넣어 주는 것도 잊어버리지 않았다.

졸지에 험한 꼴을 당한 기사들을 질질 끌어다가 잘 보이지 않는 곳에 숨겨 두는 작업까지 완료한 뒤, 아렌트는 본궁 안으로 당당히 입성했다.

'1층은 대부분 업무 공간이나 응접실일 테고.'

아마 미들턴 공작은 2층의 손님용 방에 머물고 있을 것이다.

대충 방향을 잡은 아렌트는 거침없이 앞으로 나아갔다.

* * *

"……왕자, 입에 맞지 않으십니까? 갑자기 손을 멈추

셨군요."

 빅토르 왕세자가 걱정스럽게 물어 오는 목소리에, 르웰린이 퍼뜩 정신을 차렸다.

 "아니요, 그럴 리가요. 술도 치즈도 아주 향이 좋습니다. 잠깐 음미하느라 그랬습니다."

 "그러시다면 다행입니다."

 안도하는 왕세자의 앞에서 르웰린은 속으로 한숨을 삼켰다.

 '왜 갑자기 불안해지지?'

 어디선가 칼리온 제국의 망할 견습 기사 놈이 사고를 친 것만 같은 기분이 들었다.

 애초에 놈을 풀어놓은 이상 평화로운 해결은 포기한 거나 마찬가지긴 했지만.

 괜히 입맛이 써져, 르웰린은 안주로 놓인 치즈를 하나 집어 먹었다. 어쨌든 지금은 자신의 일에 집중해야 할 때였다.

 '슬슬 시작해도 괜찮겠지.'

 반쯤 빈 잔을 내려놓은 르웰린이 짐짓 아무것도 모르는 척 물었다.

 "그나저나……. 안색이 안 좋으십니다. 괜히 제가 시간을 빼앗는 것 아닌가요?"

 "예? 아니요, 그럴 리가요. 제가 먼저 청한 자리인걸요. 아주 즐겁습니다. 익히 듣던 대로 왕자께서는 입담이 아주 좋으시군요."

빅토르가 애써 웃으며 손을 내저었다.

그래도 길게 잡담을 나눈 덕인지 처음보다는 꽤 긴장이 풀린 눈치였다.

르웰린은 진심으로 걱정된다는 듯 눈썹을 살짝 휘었다.

"그러시다면 다행이지만, 어쩐지 다른 걱정거리가 있으신 듯해서 말입니다."

"……."

빅토르는 당장 대답하지 못하고 한동안 뜸을 들였다. 르웰린은 그를 재촉하는 대신 가만히 기다려 주었다.

'먼저 자리를 청한 것을 보면 목적이 있을 텐데.'

지금껏 자신을 해코지하려는 기색은 보이지 않았으니, 빅토르의 목적은 왕궁의 외부인인 르웰린을 자신의 편으로 회유하려는 것일 터였다.

그렇다면 오히려 이쪽에서 여지를 주는 편이 본론을 꺼내기 나을지도 몰랐다.

"아까는 그냥 지나가듯이 평화로워 보인다 말씀드렸지만, 아무래도 분위기가 다소 경직된 듯 보여서요."

물론 거짓말이었다.

왕궁 안팎은 이상할 정도로 평화로워 보였다. 하지만 이렇게까지 불안해하는 사람은 객관적인 판단력을 상실했을 가능성이 제법 컸다.

"그렇습니까?"

아니나 다를까, 빅토르가 살짝 얼굴을 굳히며 대답했다. 그의 기색이 변한 것을 읽어 낸 르웰린은 한발 물러서서 머쓱한 표정을 지었다.

"괜한 참견일지도 모르지만 말입니다. 그리고 솔직히 저는 방랑 생활을 오래 한지라, 정치 분위기 같은 것은 잘 모릅니다. 오해라면 죄송합니다. 형님을 불쾌하게 해 드릴 생각은 전혀 아니었어요."

이것도 물론 거짓말이었다. 눈치에는 둘째가라면 서러울 게 바로 그였으니까.

하지만 빅토르에게는 상당히 설득력 있게 들린 것 같았다.

"불쾌하다뇨. 전혀 아닙니다. 괜찮습니다. 오히려 관심을 가져 주시니 감사할 일인걸요."

모처럼 르웰린이 먼저 꺼내 준 화제가 끊기기라도 할세라, 빅토르가 급하게 대답했다.

르웰린은 걱정스럽게 고개를 갸웃했다.

"그렇다면 정말 무슨 일이라도 있는 겁니까? 외지인인 제가 참견할 일은 아니겠지만, 그래도 이리 환대해 주셨으니 작게나마 도움을 드리고 싶습니다. 제 심부름꾼 녀석을 치료해 주신 은혜도 있으니까요."

살살 꼬드기는 말에 빅토르는 점점 흔들리는 것 같았

다. 르웰린은 좀 더 과감하게 나서 보았다.

"그렇지 않아도 요즘 대륙 전체가 흉흉하잖습니까. 최근 칼리온 제국에 머물면서 악신교와의 싸움을 가까이에서 지켜보았습니다만……. 정말 살벌하더군요."

"……."

"얼마 전 네펠레 왕국에서 벌어진 일은, 형님께서도 전해 들으셨지요? 일전에는 루카인 왕국 역시 놈들에게 공격당한 적 있잖습니까. 성검이 라이오스 단장을 선택했던 그때요."

그때는 에버란 왕국과 루카인 왕국이 거의 동시에 공격당했다. 그때 이야기를 꺼낸 것은 빅토르 왕세자에게서 동질감을 이끌어 내기 위해서였다.

"저도 그때 전선에 있었습니다만, 정말 고생했습니다. 칼리온 제국은 대신전이 유린당하고……."

거기까지 말한 르웰린이 잠깐 뜸을 들였다.

평소라면 자연스럽게 꺼냈을 말이 어쩐지 목 언저리에서 턱 하니 걸린 탓이었다.

"……루체 님의 은총 덕분에 무탈히 극복할 수 있었지만요."

하지만 르웰린은 빅토르가 의심하기 전 자연스레 덧붙일 수 있었다.

"루카인 왕국 역시 대책을 마련하신다 들었습니다. 국경을 지키시던 미들턴 공작을 불러들이신 것도 악신교와의 싸움에 대비하기 위함이라 압니다만."

라이오스가 영웅으로 선택받은 것을 순수한 은총이라고 칭하기에는 다소 껄끄러웠지만, 지금은 쓸데없는 잡념에 사로잡힐 때가 아니었다.

"미들턴 공작은 어떤 분이십니까? 단신으로 몬스터 무리를 상대하실 수 있을 정도로 강한 기사인 데다, 인망도 두텁다고 압니다만. 그런 혈연이 있으시니, 전하께서도 든든하시겠습니다만……."

일부러 말끝을 흐린 르웰린이 목소리를 더욱 죽였다.

"……왕실의 핏줄이라는 것이 언제나 달가운 것만은 아니지요. 본인이 원하든 원하지 않든, 고귀한 혈연에는 성가신 존재가 따라붙기 마련이니까요."

많은 뜻이 함축된 말에 빅토르의 낯빛이 창백해졌다.

"제가 일찌감치 방랑 생활을 시작한 데에는 그런 이유도 있습니다. 형님들과의 우애를 해치고 싶지도 않았고, 성가신 권력 싸움에 휘말리는 것도 원치 않았거든요."

르웰린은 미소가 사라진 낯으로 가만히 왕세자를 응시했다.

"옳은 선택이었다고 생각합니다. 더군다나 지금처럼 체르니온의 교단이 활개 치는 상황에서는요. 왕가의 핏줄 중 하나라도 놈들에게 넘어가는 순간 왕실은 바로 아수라장이 될 테니 말입니다."

"……."

아무도 믿지 말라는 건 〈149〉

차분한 음성에 빅토르는 그만 시선을 떨어뜨리고 말았다.

"아무리 가까운 사람이라도 쉽사리 신뢰할 수 없는 시대에요. 높은 위치에 있을수록 더욱 주변 인물을 경계해야 하는 법이고요."

르웰린은 부드러운, 하지만 분명한 어조로 쐐기를 박았다.

"이미 알고 계시겠지만, 누구도 쉽게 믿으셔서는 안 됩니다. 언제 어디서 누가 듣고 있을지 모르니까요."

아까 아렌트가 했던 말을 살짝 비튼 대사였다.

그 속에 내포된 의미가 빅토르에게도 전해졌을 거라, 르웰린은 확신했다.

짧은 순간이었지만 자신을 응시하는 빅토르의 눈동자에 이채가 도는 것을 알아본 것이다.

'역시.'

상당히 역설적이지만, 아무도 믿지 말라는 건 곧 자신이 상대방에게 가진 신뢰를 고스란히 내비치는 말이었다.

한편으로는 자신을 믿어 달라는 은근한 신호이기도 했고.

그렇지 않고서야 주변 모든 것을 의심하라는 조언 따위를 할 수는 없을 테니까.

자신의 왕궁 안에서 고립된 것처럼 구는 왕세자에게는

더욱 의미심장하게 들릴 것이다.

"……."

빅토르는 입을 꾹 다물었다. 마치 강한 갈등에 빠진 것 같았다.

이제 남은 선택은 빅토르에게 달려 있었다. 방 안에 한동안 긴장감 어린 침묵이 감돌았다.

얼마간 시간이 지난 뒤, 간신히 빅토르가 입을 열었다.

"……르웰린 왕자, 그대는 신성 제국과 긴밀한 사이지요? 영웅의 활약도 눈앞에서 직접 보셨을 테고요."

"네. 그렇죠."

르웰린은 빅토르가 원하는 대답을 내어 주었다. 그러자 빅토르는 저도 모르게 주먹을 꽉 쥐었다. 또다시 한참을 망설이던 왕세자가 괴롭게 입을 열었다.

"그렇다면, 한 나라의 왕세자가 되어 한심한 꼴이지만……. 부탁드립니다."

빅토르가 고개를 아래로 푹 떨어뜨렸다.

"……부디 도와주십시오. 이러다간 숙부님과 악신교의 손에 왕국이 풍비박산 날 것입니다."

금방이라도 눈물을 떨어뜨릴 것 같은 목소리가 흘러나왔다.

상정했던 것 중에 가장 최악에 속하는 답에, 르웰린의 얼굴이 설핏 굳었다.

* * *

 본궁의 2층에 다다른 아렌트는 얼마 지나지 않아 위화감을 알아차렸다.

 '너무 조용한데?'

 활기를 띠고 있던 1층의 행정구역과는 달리, 이쪽은 쥐 죽은 듯 고요하기만 했다. 편하게 잠입하려 일부러 사람들이 없는 곳을 골라 이동하긴 했지만, 그리 늦은 시간이 아닌데도 이렇게까지 인적이 드물다는 건 다소 이상했다.

 '일부러 사람들을 물린 건가?'

 아렌트는 감각을 더욱 곤두세우며 천천히 복도를 따라 걷기 시작했다.

 별다른 기척도 제대로 느껴지지 않는 것을 보아하니 이 부근은 대부분 손님용으로 마련해 둔 객실과 응접실, 서재 등등으로 채워진 구역인 것 같았다. 그렇다면 미들턴 공작이 머무는 곳도 아마 이 근처일 터였다.

 일단 엉뚱한 곳으로 온 게 아니라는 건 다행스러운 일이었지만, 외부에서는 보이지 않던 부자연스러움이 하나둘씩 고개를 들고 있었다.

 '아무래도 이상한데.'

 르웰린의 말에 따르면, 왕이 모습을 보이지 않게 된 며칠 동안 미들턴 공작 역시 거의 모습을 드러내지 않았다고 했다.

 하지만 그 전까지는 제법 활발하게 활동했던 듯했다.

 악신교의 침범에 대비해 병력을 재배치하고, 자신의 사병 일부를 왕궁 병력으로 편입시키기도 했다.

 그것만 보자면 왕궁 내부에서 제법 영향력을 행사하고 있었다고 봐도 무방할 듯했지만…….

 '왜 갑자기 숨을 죽인 거지?'

 왕이 죽었든 살았든, 제대로 움직이지 못하는 상황이라면 권력을 장악하기에 지금만큼 좋은 기회는 없을 것이다.

 하지만 왕이 소리소문없이 모습을 감춘 것과 동시에 미들턴 공작 역시 갑자기 몸을 사리기 시작했다고 하니 앞뒤가 맞지 않는 느낌이었다.

 '뭔가 다른 꿍꿍이라도 있는 건가.'

 심지어는 왕이 부재중이라는 사실마저도 아예 알려지지 않았고, 왕궁에서 일하는 이들마저도 상황이 이상하게 돌아간다는 걸 모르고 있었다.

 '그렇다면 국정은 무리 없이 돌아가고 있다는 뜻일 텐데…….'

 빅토르 왕세자가 그 빈자리를 메우고 있겠지만, 그래도 왕의 부재가 며칠이나 이어졌는데도 알아차리는 자가 없다는 건 분명히 부자연스러운 일이었다.

 '왕이 그만큼 존재감이 없는 인물이었던가.'

아렌트는 나름대로의 결론을 내렸다.

왕비와 후궁, 심지어는 다른 왕자와 왕녀까지 있는데도 움직임을 보인 건 왕세자와 미들턴 공작뿐이라는 점이 그랬다.

'아마도 공작은 왕의 부재를 감추려 하고, 왕세자는 어떻게든 외부에 알리고 싶어 했던 거겠지.'

슬슬 일의 윤곽이 보이는 것 같기도 했다.

두 사람의 목적을 알 수 없다는 점에서, 아직은 대부분이 수수께끼일 뿐이었지만.

'새로운 인물이 개입했다는 걸 흘려듣지 말았어야 했는데.'

아렌트는 속으로 혀를 쯧 찼다.

미들턴 공작이라는 인물이 판에 끼어들었다는 건 이미 한참 전 칸타레스에게 들어 알고 있었다.

그건 분명 뭔가의 전조 증세였다.

하지만 그때는 상태가 영 안 좋았던 탓에 미처 거기까지 신경을 기울이지 못했다는 점이 아쉬웠다.

적어도 미들턴 공작이 어떤 사람인지라도 충분히 조사해 뒀더라면 일이 좀 더 쉬워졌을 테니까.

"······!"

숨죽이고 움직이던 아렌트는 문득 정면에서 느껴지는 인기척에 급히 조각상 뒤로 몸을 숨겼다.

얼마 지나지 않아 오른쪽으로 꺾인 복도에서 시종 두

명이 손수레를 끌고 모습을 드러냈다.

드르륵, 드르륵.

카펫 위로 수레의 바퀴가 구르는 소리가 유난히도 도드라지게 들렸다. 그 뒤로 시종들이 두런두런 대화하는 목소리가 들려왔다.

"공작님께서는 오늘도 방에만 계셨나?"

"네. 그러신 것 같아요. 듣자 하니 업무도 거의 다 방에서만 처리하셨다고 하시던걸요."

"최근에 온갖 일들이 터지긴 했지. 전하께서도 쉬신다고 처소에서 거의 나오지 않으시니……."

제법 걱정이 묻어 나오는 목소리들이었다.

'왕도 처소에 있다고?'

귀를 기울이던 아렌트가 인상을 살짝 찌푸렸다. 시종들의 대화가 이어졌다.

"그래도 두 분 다 식사는 매번 챙기시니 다행이지."

"어디가 편찮으신 건 아니라고 하시니까요. 전하께서도 그냥 피로가 조금 쌓이신 거라고, 시종장님께서는 그리 말씀하셨는데……."

드르륵, 드르륵. 시종들이 끄는 수레가 아렌트의 눈앞을 스쳐 지나갔다.

'그럼 왕도 살아 있다는 건가?'

아렌트는 여전히 숨죽인 채 가만히 귀를 기울였다.

그들은 아렌트의 존재를 눈치채지 못한 채 복도를 가로

질러 걸어갔다.

어린 시종이 조심스럽게 물었다.

"시종장님께서는 전하를 직접 뵈시는 거죠?"

"아마도 그러시겠지. 보좌관님께서도 짧게 휴가를 떠나셨다고 하니까, 시종장님이 많이 바쁘실 거야."

얼마 지나지 않아 두 사람은 문 앞에 멈춰 섰다. 잡담이 멈추고, 나이가 많은 시종 쪽이 손을 들어 정중하게 문을 두드렸다.

"공작님, 잠시 실례하겠습니다. 식기를 정리하러 왔습니다."

"들어오게."

문 너머에서 중후한 남성의 목소리가 들려오더니, 시종 두 사람이 안으로 들어갔다.

달칵 소리와 함께 다시 문이 닫혔다.

'보좌관은 휴가 중에, 시종장이 왕을 직접 모시고 있다라……'

제법 괜찮은 정보를 건진 것 같았다. 빅토르와 공작 다음 목표가 정해진 순간이었다.

아렌트는 조금 더 숨죽이고 기다렸다.

잠시 후, 시종들이 다시 방 바깥으로 나왔다. 비어 있던 손수레는 빈 식기로 채워져 있었다.

시종들이 잡담을 떠들며 완전히 자리를 떠난 뒤, 아렌트 역시 행동을 개시했다.

'아무래도 자리에 있는 것 같군.'

르웰린에게는 염탐 정도만 해 보겠다고 말했지만, 좀 더 과감하게 움직일 필요가 있을 것 같았다.

'검을 쓰는 사람이라고 했지.'

미들턴 공작은 개인의 무력도 상당히 강하고, 마력 재능 역시 있다고 했다.

그렇다면 괜히 이런저런 궁리를 하며 세 치 혀를 놀리며 떠보는 것보다, 좀 더 진솔한 대화를 나눠 보는 편이 빠를 것이다.

'그리고……'

지나치게 경직된 루카인 왕궁이라는 이 무대에, 약간의 유흥을 더해 주는 것도 좋을 것이다.

로브 아래 가려진 입가에 씨익 성격 나쁜 곡선이 드리웠다.

* * *

"……그게 무슨 말씀이십니까? 형님의 숙부라면 미들턴 공작을 말씀하시는 거지요?"

간신히 정신을 추스른 르웰린이 캐물었다. 한동안 더 갈등하듯 눈을 아래로 내리깔고 있던 빅토르가 천천히 말을 었다.

"숙부님이 아버지…… 그러니까 전하를 숨기고 계십니

아무도 믿지 말라는 건 〈157〉

다. 저조차도 알현하지 못하게 하시고, 전하의 처소 근처에는 사람도 거의 드나들지 못하게 막으셨습니다."

"왕국의 왕세자는 바로 형님이시잖습니까. 아무리 숙부 되시는 분이라고 해도 이 왕궁에서 형님을 막을 자격이 있을 리가요."

르웰린이 황당하게 되물었다. 그러자 빅토르가 고개를 무겁게 끄덕였다.

"분명 그 말씀이 옳습니다. 이게 다 제가 부족한 탓에 벌어진 일이지요."

"공작이 왕궁으로 들어온 지 얼마 되지 않았다고 압니다만……. 형님의 권위를 넘볼 수 있을 정도로 영향력이 있는 겁니까?"

아무리 그가 자신의 영지에서 입지가 탄탄한 사람이라고 해도, 이곳은 왕궁이었다.

"전하의 혈육이자 형님의 숙부라지만, 그건 말도 안 됩니다. 작위를 받은 이상 그는 왕실 밖의 사람이지 않습니까."

"분명 그렇습니다만……."

잠깐 망설이던 빅토르가 천천히 말을 이어 갔다.

"그분께도 계승권이 있다는 사실은 변치 않지요. 그리고 저는 난세를 이겨 내기에는 변변찮은 왕세자고요."

"……."

르웰린은 한동안 대답하지 못했다.

아니라고 선뜻 부정할 수가 없는 탓이었다.

애초에 공작이 왕궁에 들어온 것 역시 왕세자만으로는 악신교에 제대로 대응하지 못할 것 같다는 이유 때문이었으니까.

르웰린은 다소 착잡해졌다.

'대외적으로는 지원이라고 말했지만······.'

결국 왕이 왕세자를 못 미더워한 결과라는 사실을 모르는 사람은 아무도 없었다.

지금까지는 아무런 문제가 없다가 위기 상황을 맞이한 지금, 왕실의 권력 구도가 삐걱대기 시작한 것이다.

'빅토르 왕세자의 입장에서는 마른하늘에서 날벼락이 떨어진 거나 마찬가지겠지.'

거기까지 생각이 미친 르웰린은 문득 깨달았다.

'그게 동기가 될 수도 있겠네.'

지금껏 아무런 잡음도 없이 보장받았던 왕위 계승권이 위태로워질지도 모르는 상황이었다.

그렇다면 왕의 마음이 바뀌기 전에 왕을 살해하고 미들턴 공작과 악신교에게 죄를 뒤집어씌운다는 것도 충분히 있을 법한 일이었다.

루카인 왕국 내부에서.

'빅토르 왕세자는 그다지 권력 욕심이 없는 사람이라지만······.'

그래도 만에 하나라는 게 있으니, 아무래도 쉽게 마음

을 놓아서는 안 될 것 같았다.

"공작이 전하를 숨기고 있다는 말씀 말입니다. 좀 더 자세히 이야기해 주세요."

르웰린은 그를 믿는 척하며 빅토르를 재촉했다. 목이 타는지 빅토르는 술로 입을 축이고는 말을 이었다.

"……공작이 왕궁에 들어온 뒤부터, 전하께서는 그분을 가까이에 두셨습니다. 오랜만에 형제끼리 만나셨으니 당연하다 여겼습니다만……. 그 뒤는 굳이 말씀드리지 않아도 아시겠지요."

왕궁 분위기가 묘하게 흐르기 시작했다.

왕이 왕세자보다 자신의 동생을 가까이에 둔다는 건 결코 좋은 징조는 아니었으니까.

"그리고 어느 날부터 저와는 만나 주지 않으시더군요. 원래도 업무와 관련한 대화만을 나누는 정도였습니다만, 점점 저를 멀리하시는 것이 느껴졌습니다."

왕세자가 천천히 말을 이었다.

"그때부터 조금 이상하다 여겼습니다. 하지만 그래도 숙부님이니까, 전하니까……. 별일은 없을 거라 믿었습니다. 하지만 어느 순간부터 전하께서 저와의 독대를 피하시기 시작하더군요."

타국의 인사에게 이런 말까지 꺼내는 것이 굉장히 수치스러운 듯했지만, 그는 그래도 이야기를 멈추지 않았다.

"그러다 결국 숙부님이 함께 계신 자리에서 언쟁을 벌

이고 말았습니다. 사소한 의견 차이였을 뿐입니다만, 전하의 분노를 크게 샀습니다."

그 뒤부터 왕은 왕세자를 만나 주지 않았다.

"결국, 다시 사죄드리기 위해서 전하의 처소까지 찾아뵈었습니다. 하지만 그날, 숙부께서 제가 처소에 들지 못하도록 막아서셨습니다."

빅토르의 얼굴이 점점 더 참담함에 물들어갔다. 그 표정이 도무지 거짓처럼 보이지는 않았다.

"몸 상태가 안 좋으니 쉬셔야 한다며, 전하께서 직접 청하시기 전까지는 들지 않는 편이 나을 거라 말씀하시더군요. 하지만 납득할 수 없었습니다."

"그래서 어떻게 하셨습니까?"

르웰린이 묻는 말에 빅토르가 고개를 푹 숙였다.

"숙부님을 뿌리치고 처소로 들어갔습니다."

"그때 전하를 뵈셨어요?"

답답해진 르웰린이 재촉하자 빅토르가 잠깐 입을 꾹 다물었다. 여기까지 털어놓고도 더 이야기해도 괜찮을지 갈등하는 눈치였다.

하지만 고민은 그리 길지 않았다.

"뵈었다고 말할 수 있을까요, 그것을."

드디어 결심을 내린 듯, 빅토르는 얼굴을 천천히 쓸어내리면서 말을 이었다.

"전하께서는 침대에 누워 계셨습니다. 얼마 지나지 않

아 숙부께 저지당해 제대로 보지는 못했습니다만, 한 가지는 확신할 수 있습니다."

한참 동안 뜸을 들이던 빅토르가 괴롭게 덧붙였다.

"전하께서는 이미 산 사람의 모습이 아니셨습니다."

르웰린의 입에서 얼빠진 소리가 흘러나왔다.

"……예?"

빅토르의 목소리가 천천히 이어졌다.

"이불 밖으로 나와 있는 전하의 팔을 보았습니다. 검게 죽은 피부가……. 마치 시신처럼 상한 모습이셨습니다. 숙부께서는 그런 전하를 숨기고 계신 거고요."

"……."

이건 미처 예상치 못한 말이었다.

이걸 믿어야 할지 말아야 할지도 선뜻 판단이 서지 않았지만, 손을 덜덜 떨어대는 빅토르는 거짓말을 하는 것처럼 보이지는 않았다.

"그러니까……. 공작이 전하의 시신을 숨기고 있다는 말씀이십니까?"

한참 만에 르웰린이 인상을 찌푸리며 물었다. 하지만 빅토르는 선뜻 대답하지 못했다.

"……분명 저는 그리 판단했습니다만. 뭐라 확답할 수 있는 문제는 아닌 것 같습니다."

한참 만에 다시 입을 연 빅토르가 곤혹스러운 얼굴로 덧붙였다.

"전하께서 움직이셨습니다."

"……예?"

르웰린은 아연실색하고 말았다. 이 상황을 도무지 어떻게 받아들여야 할지 감이 잡히지 않은 탓이었다.

"방금……. 산 사람처럼 보이지는 않는다고 말씀하셨잖아요."

"네. 그 상태로 움직이셨다는 겁니다. 제가 두 눈으로 똑똑히 봤습니다."

테이블 위에 놓인 빅토르의 손에 힘이 꽉 들어갔다.

"침대 위에 놓여 있던 팔이 분명히 움직였습니다. 피부는 분명 검게 죽은 채였고, 손톱까지 푸르게 변색되어 있었지만……. 마치 몸을 일으키시려는 것 같았습니다."

애써 침착을 유지하려 노력했지만, 결국 빅토르의 목소리가 덜덜 떨리기 시작했다.

"분명 뭐라 말씀하시려는 것 같기도 했습니다. 하지만 자세히 보지는 못했습니다. 숙부님의 손에 끌려나가게 되었으니까요."

"……그게 전하이신 건 확실해요? 다른 시신은 아니었고요?"

잠깐 멍하니 있던 르웰린이 재우쳐 물었다. 그러자 빅토르가 괴롭게 대답했다.

"예. 틀림없습니다. 아무리 상했다지만, 제가 설마 아버지의 손도 알아보지 못하겠습니까."

아무도 믿지 말라는 건 〈163〉

"……."

르웰린은 말문이 막히고 말았다.

갈수록 태산이라는 말밖에 생각나지 않았다. 가까스로 생각을 정리한 르웰린은 다시 입을 열었다.

"공작은 뭐라고 해명했어요? 형님도 그냥 가만히 계시지는 않았을 거잖아요."

"당연히 따져 물었습니다. 하지만 제 착각이다, 그저 날씨 때문에 피부에 문제가 생기셨을 뿐이다…… 이런 식으로 둘러대시더군요. 그 뒤로는 숙부님도 만나지 못했습니다."

빅토르가 시선을 아래로 내리깔았다.

"그런 거짓말을 어떻게 믿습니까? 숙부께서 전하를 해하신 게 분명합니다. 전하께서는 이미 돌아가셨고, 숙부께서 사악한 술수를 쓰신 게 틀림없습니다."

그때 본 광경이 재차 떠올랐는지, 빅토르가 몸을 부르르 떨었다.

아마 그런 이유 때문에 다른 나라에 임금의 부고를 올린 거라고, 르웰린은 어렵잖게 짐작할 수 있었다.

빅토르는 국왕에게 문제가 생겼다는 사실을 동맹국에 알리고 싶었던 것이다.

'사실을 곧이곧대로 알리는 것도 썩 좋은 방법은 아니었을 테지.'

빅토르가 말한 '사악한 술수'라는 건 곧 구울을 말하는 것일 터였다.

왕세자는 지금 왕이 구울이 되었다 말하고 있었다. 그 사실을 외부에 대놓고 알린다면 루카인 왕국 전체가 위험해질 수도 있었다.

왕이 조종당하고 있을지도 모른다는 사실은 결국 루카인 왕국 전체가 악신교의 손에 넘어갔을 가능성마저 시사했다.

물론 외부로 상황을 알린 빅토르 왕세자는 혐의에서 벗어날 수 있었겠지만, 자신을 제외한 왕실 전체가 의심받는 상황만큼은 피하고 싶었던 것이다.

"하지만 이미 왕궁 곳곳에는 숙부님의 사람들로 가득합니다. 누굴 믿어야 할지도 모르겠고……."

빅토르의 목소리가 점차 기어들어 가기 시작했다.

"그래서 부끄럽게도 타국에 도움 아닌 도움을 청했습니다만, 아직 답신이 없습니다. 아마 당혹스러우신 거겠지요. 국장이 거짓말이라는 것은 조금만 조사해 보아도 알아차리실 테니까요."

"……."

"어쩌면 함정이 아닐까 의심하시는 것도 당연한 일입니다. 그러니 왕자께서 도와주실 수는 없으십니까? 왕자는 칼리온 제국과 가까이 지내시지 않습니까."

간절하게 말하는 빅토르를 보고 있자니 가슴 한편이 답답해졌.

'이 순진해 빠진 왕세자를 어쩌면 좋지.'

일이 이 지경이 되었는데도 자신을 추호도 의심하지 않는 빅토르가 이제 슬슬 애잔해질 지경이었다.

르웰린은 조금 막막해졌다. 이따금 아렌트가 기사들을 상대로 답답해 죽겠다며 눈이 돌아가던 이유를 조금 알 것 같기도 했다.

'어쨌든 왕세자는 결백한가…….'

미간을 꾹꾹 누르며, 르웰린은 속으로 한숨을 삼켰다.

지금껏 들은 말이 모두 사실이라면 한시라도 빨리 손을 쓰는 게 옳을 터였다.

잠시 대화가 멈춘 바로 그때.

쾅쾅쾅!

다소 성급한 노크 소리가 적막을 깼다.

"저하, 저하! 계십니까! 기사단장 에드거입니다!"

뒤이어 급한 외침이 뒤따랐다. 르웰린과 빅토르는 동시에 흠칫 놀라며 고개를 들었다.

두 사람은 그제야 바깥이 다소 소란스러워졌다는 사실을 깨달았다.

대화에 열중하느라 미처 이변을 알아차리지 못한 거였다.

퍼뜩 정신을 차린 빅토르가 문밖을 향해 대답했다.

"무슨 일이지?"

"본궁에 침입자가 발생했습니다! 위험한 상황이니, 저

하와 왕자님은 제가 따로 안전한 곳으로 모시겠습니다!"

 침입자.

 그 말에 먼저 반응한 것은 빅토르 왕세자가 아닌 르웰린이었다.

 당황한 빅토르가 벌떡 자리에서 몸을 일으켰을 때도, 루카인 왕실의 기사단장이 방안으로 들어왔을 때도 르웰린은 그 자리에 뻣뻣하게 굳은 채 움직이지 못했다.

 "왕자, 우선은 저와 안전한 곳으로 이동하는 게 좋을 듯합니다. 제가 모시겠습니다."

 기사단장 에드거와 짧게 대화를 마친 빅토르가 급히 르웰린을 돌아보았다.

 하지만 르웰린은 허망한 눈으로 허공을 올려다볼 뿐이었다.

 의아해진 빅토르가 그를 재차 불렀다.

 "르웰린 왕자?"

 하지만 돌아온 대답은 빅토르가 기대했던 것과는 사뭇 달랐다.

 "……이 새끼는 진짜……."

 "예?"

 빅토르가 눈을 휘둥그레 뜬 것을 본 르웰린이 가까스로 입 밖으로 튀어나올 뻔한 욕을 속으로 눌러 삼켰다.

 다행히 이상한 점을 알아차리지 못한 에드거가 보고를 이어 갔다.

"너무 심려치는 마십시오. 지금 미들턴 공작님께서 직접 상대하고 계시니 곧 해결될 것입니다."

"침입자가 숙부님을?"

빅토르가 곤혹스럽게 되물었다. 당장 미들턴 공작이 악신교의 편에 붙었다고 상정한 상황에서, 갑자기 그가 습격당했다는 게 이해가 되지 않은 탓이었다.

그 목소리를 어떻게 이해한 건지, 에드거가 그를 안심시켰다.

"저하께서도 충분히 아시다시피, 미들턴 공작님께서는 강한 분이십니다. 단신으로 들어온 침입자 따위가 상대가 될 리 없습니다."

"……웃기고 있네."

결국 르웰린은 아주 작은 목소리로 혼자 딴지를 걸고 말았다.

상대가 될 리 없다니. 이쯤 되면 미들턴 공작의 안위부터 걱정하는 게 나을 것이다.

그 침입자라는 놈은 제국에서도 감당 못 하는 또라이 견습 기사일 테니까.

'돌아가자마자 라이오스 단장한테 위장약부터 청구해야지.'

르웰린은 뻐근해진 명치에 저도 모르게 손을 얹었다.

금방이라도 위장에 구멍이 뚫릴 것 같았다.

* * *

시간을 조금 거슬러 올라가, 본궁이 아직 평화에 잠겨 있을 무렵.

미들턴 공작은 자신의 방에서 서류에 골몰하고 있었다. 국왕이 편히 쉬라며 내어 준 방이었지만, 의도치 않게 거의 집무실처럼 사용하고 있었다.

'왕세자 저하는……. 결국 돌아서고 말았나.'

하지만 공작은 쉬이 잔업에 집중할 수 없었다. 당장 수중에 떨어진 일거리는 산더미 같았지만, 온갖 잡념들이 그를 괴롭혔다.

어떻게든 왕세자의 신뢰를 얻고 싶었다. 하지만 아무래도 쉽지만은 않을 것 같았다.

그가 심하게 불안해하고 있다는 사실 정도는, 미들턴 공작 역시 잘 알고 있었다.

왕궁에 입성할 때부터 충분히 각오한 일이었다. 왕세자에게 숙부의 세력이란 눈엣가시일 수밖에 없을 테니까.

'설마 이렇게 될 줄은.'

그래도 핏줄이니까, 아직은 젊으니까 충분히 마음을 돌릴 수 있을 거라 여겼다. 하지만 아무래도 상황이 여의치 않았다.

이미 왕세자는 자신을 경계하고 있으니, 어떤 돌발행동을 보일지 몰랐다.

아무도 믿지 말라는 건 〈169〉

'슬슬 결단을 내려야 할지도 모르겠군.'

왕국의 안위와 위대한 신의 영광을 위해서라도.

저도 모르게 서류에서 눈을 뗀 공작이 천천히 얼굴을 쓸어내렸다. 그의 입에서 투박하지만 경건한 기도가 흘러나왔다.

"……신께서 미천한 우리를 굽어살피시길."

읊조리는 목소리가 멎은 순간, 공작은 문득 몸에 한기가 도는 것을 느꼈다.

갑자기 방 안의 온도가 뚝 떨어진 것 같았다. 한순간 공기가 바뀌며 책상 위에 밝혀 뒀던 램프가 불길하게 일렁였다.

그 모든 것을 인지한 순간, 공작은 창문가에 누군가가 서 있다는 사실을 알아차렸다.

피가 차갑게 식어 내렸다.

의자에 앉은 채, 공작은 옆에 세워 둔 검을 향해 천천히 손을 가져갔다.

"……누구냐."

"명성이 자자한 공작님이라 기대했는데. 아무래도 영둔한 모양이군."

비웃음 섞인 대답이 돌아왔다.

평범한 남자라고 하기엔 다소 앳되면서도 쇳소리가 섞인, 상당히 기묘한 목소리였다.

공작이 다시 한번 경고했다.

"누구냐고 물었을 텐데."

"내가 누구인지 묻기 전에, 우선 네 얼굴부터 보여라. 대화라는 것은 원래 시선을 마주하고 나누는 것이 아니던가?"

분명 웃음기가 녹아든 음성이었지만 뭐라 설명할 수 없는 섬뜩함이 느껴졌다.

어쩐지 주변을 감도는 공기가 더욱 차가워진 것 같았다.

등줄기를 타고 식은땀이 흘렀다. 검을 쥔 손에 꽈악 힘이 들어갔다.

'이 내가 긴장했다고?'

문득 자신의 상태를 깨달은 공작의 낯이 딱딱하게 굳었다.

하지만 그것도 잠시, 미들턴 공작은 천천히 심호흡하며 자리에서 일어나 뒤를 돌아보았다.

분명 단단히 닫아 뒀던 창문은 어느새 활짝 열린 채 새카만 밤하늘을 고스란히 담아냈다.

"……."

창문을 등 뒤에 두고 선 침입자는 의외로 꽤 어린 소년처럼 보였다.

얼굴을 확인해 보려 했지만, 달빛을 등진 채 램프의 불빛도 닿지 않는 절묘한 위치에 선 탓에 그것도 여의치 않았다.

로브를 두르고 후드를 깊이 눌러 쓴 탓에 이목구비와 자세한 체형을 확인하는 것도 불가능했다.

"대화는 시선을 맞춰야 한다더니, 그대는 모습을 드러낼 생각이 없어 보이는군."

공작이 침착하게 입을 열자 체구에서 묵직한 어조가 흘러나왔다.

"유감스럽게도, 그대가 나와의 대화에 응할 생각이 그다지 없는 듯해서."

도무지 상대방의 정체를 가늠할 수가 없었다.

얼핏 외견은 어린 것 같았지만 어조나 행동은 제법 나이든 중년처럼 보였다.

게다가 허리춤에는 본인의 체구에 비해 다소 커 보이는 검까지 매달려 있으니, 그 모든 행색 하나하나가 기이하게 느껴질 수밖에 없었다.

공작은 검을 쥔 손아귀에 더욱 힘을 주었다.

"어째서 그리 단언하지?"

"서로 무장한 채 정답게 담소를 나누기는 다소 무리가 있지 않겠나."

쉰 목소리로 침입자가 작게 웃음을 터뜨리자 미들턴 공작이 다시금 사납게 으르렁거렸다.

"정체를 밝히라고 했을 텐데."

"상당히 불손하군."

로브 아래에서 마음에 안 든다는 대답이 돌아왔다.

침입자가 흐린 달빛 아래에서 성큼, 공작 쪽으로 한 걸음 가까이 다가왔다.

"내가 누구냐고 물었으니…… 궁금하다면 기꺼이 답해 줘야지."

노골적으로 조롱하는 목소리에 공작의 얼굴이 구겨졌다.

로브 아래에 감춰진, 색을 알 수 없는 눈동자가 선명한 비웃음을 머금었다.

"나는 어둠의 은총을 받은 자, 위대한 체르니온 님을 가까이에서 모시는 종."

쿵. 쿵. 쿵.

그의 말이 이어질수록 공작의 심장이 점차 빠르게 뛰기 시작했다.

공작은 호흡을 가라앉히려 애쓰며 침입자를 가만히 응시했다.

"부서진 심장의 검으로서 고결한 어둠을 지키는 전사."

후드 아래의 얼굴은 마치 심연에 삼켜진 것처럼 보이기도 했다. 자신을 수호하는 어둠 아래에서, 침입자가 양팔을 살짝 벌렸다.

스산한 목소리가 충만한 신앙심을 고스란히 드러냈다.

"위대하신 분을 대신해서 그대를 직접 만나러 왔다."

물론, 로브 아래 숨은 사람은 신앙은커녕 신에 대한 증오심만 남은 칼리온 제국의 견습 기사였지만.

상당히 유감스럽게도, 미들턴 공작에게 그 사실을 간파해 낼 만한 능력은 없었다.

4장. 자신의 일은 스스로 하시죠?

자신의 일은 스스로 하시죠?

 잔뜩 날을 세운 공작을 보면서 아렌트는 아주 잠깐 고민했다.
 '왜 저렇게까지 놀라지?'
 늘 마주하는 라이오스나 다른 황실 소속 기사들에 비할 바는 아니었지만, 미들턴 공작은 아무리 봐도 자신의 기백 정도에 긴장할 만한 사람은 아니었다.
 켄드릭 단장보다도 더 나이 들어 보였지만 몸은 연배에 맞지 않게 제법 다부졌고, 오랫동안 수련해 온 듯한 마력도 꽤 풍부하고 안정되어 있었다.
 '오랫동안 루카인 왕국의 국경을 지켜 왔다는 말도 딱히 허언은 아닌 듯한데……'
 그러나 미들턴 공작은 희대의 살인마라도 마주친 것처

럼 바짝 얼어붙은 상태였다.

거기까지 생각이 미친 아렌트는 문득 깨달았다.

'연출이 좀 과했을지도.'

체르니온 교단이라 함은 수상쩍기 그지없는 또라이 집단이었다.

그것을 연기로 최대한 구현해내며, 당장 르웰린이 데려온 시종 렌의 모습과는 절대로 겹쳐 보이지 않도록 신경 썼다.

그 결과 조그만 체구에 중년 같은 어조, 그리고 일부러 쉰 것 같은 목소리가 이 급조한 '부서진 심장의 검' 일원이라는 역할에 추가되었다.

거기다가 로브를 깊이 뒤집어쓴 채, 적당히 돌아다니다 찾아낸 커다란 장식용 검까지 들고 있으니, 필요 이상으로 기괴해지고 말았다.

그리고 약간의 무대 효과를 위해 서리 어린 손길마저 발동했으니, 공작에게는 냉기를 몰고 나타난, 인간인지 다른 종족인지도 알 수 없는 악신교의 중진 정도로 보일 것이다.

'음. 들어올 때 창문도 깰걸.'

그랬다면 좀 더 재미있는 효과를 기대할 수 있었을 텐데.

짧은 후회가 들었지만, 아렌트는 곧 생각을 고쳤다.

그랬다가는 당장 기사들이 몰려들어 뒷일이 더욱 귀찮

아질 게 분명했다.

"……이름을 대라."

아렌트가 그런 생각을 하는 와중, 미들턴 공작이 목소리를 잔뜩 깐 채 입을 열었다. 어렴풋한 달빛이 식은땀으로 축축해진 공작의 이마를 고스란히 비춰 냈다.

아렌트는 다시 배역에 집중해, 쉰 소리로 비웃음을 터뜨렸다.

"그대 따위에게 알려줄 이름은 없다."

"무슨 목적이냐."

공작이 검을 꽉 쥔 채 사납게 읊조렸다.

"검을 든 자라면 그에 걸맞은 예의를 보여라."

아렌트는 그 순간 공작의 두 눈에 깃든 살기를 엿보았다. 슬그머니 고개를 드는 의아함을 한쪽에 밀어낸 뒤, 아렌트는 다음 대사를 꺼냈다.

"예의라……. 건방지군."

느긋한 음성이 섬뜩한 쇳소리를 띠었다. 거기에 광기한 스푼과 쓸데없는 비장함, 거기다가 기저 깊은 곳에 깔린 오만함까지 더하면 완벽했다.

"검에게 예의를 차려야 하는가. 아니면 하잘것없는 그대에게?"

"뭐라?"

"내 경의는 오직 위대한 한 분에게만 향하는 것이다. 그대나 나나 그저 하찮은 미물일 뿐인 것을."

아렌트가 비웃음을 터뜨렸다.

"감히 예의를 바라다니. 아직 주제 파악이 제대로 안 되나?"

"……."

공작은 당장 대답하지 않았다. 대신 신중하게 앞에 놓인 침입자를 차분히 살필 뿐이었다.

아렌트 역시 로브 아래에서 가만히 상대방의 기색을 관찰했다.

아까보다는 공작의 호흡이 안정되어 있었다.

방금 전까지만 해도 당황한 기색이 역력했지만, 지금은 제법 머릿속이 차분해진 모양이었다.

'내 대사는 모두 끝냈으니…….'

이제는 공작의 답을 기다릴 차례였다.

그리고 잠시 후. 공작이 천천히 한숨을 내쉬었다.

"결국 이렇게 되는군."

아렌트의 눈썹이 살짝 찌푸려졌다. 그걸 알아차릴 리 없는 공작은 다시 눈을 치뜨고 아렌트를 노려보았다. 차갑게 가라앉은 눈동자에 노골적인 적의가 깃들어 있었다.

"순진한 왕세자 저하를 꼬드겨 낸 게 그대인가."

상정했던 시나리오 중 가장 가능성이 낮은 답변이 돌아왔다.

각오를 마친 공작이 검집에 잠들어 있던 검을 뽑아 들

었다.

"유약하신 분이란 것은 익히 알고 있었으나……. 설마 왕국과 루체 님을 이런 식으로 배반하실 줄은. 전하께 해악을 입힌 것 역시 그대인가?"

스릉! 살벌한 소리와 함께 찬 공기 바깥으로 끌려 나온 검이 빛을 반사해 새하얗게 반짝였다.

"경고한다. 전하를 당장 원래 상태로 되돌려 놓지 않는다면 차라리 죽여 달라며 빌게 만들어 주지."

"흐음……."

아렌트가 자연스럽게 고개를 기울였다.

이로써 왕에게 무슨 일이 생겼다는 점과 미들턴 공작이 악신에게 넘어가지 않았다는 것이 확실해졌다.

'그렇다면 흑막이 왕세자일지도 모른다는 건가.'

그쪽은 르웰린이 알아서 검증할 테니, 일단 아렌트는 지금의 배역에 집중하기로 했다.

그 역시 한 손으로 여유롭게 검을 뽑아 들었다.

오랫동안 장식용으로 방치되며 부식된 검이 뽑히며 끼이익, 듣기 싫은 소리를 냈다.

"어둠의 축복을 거부하는 자에게 남은 것은 천벌뿐이다."

"루체 님께서 사악한 그대 무리를 용서치 않으실 것이다!"

벼락처럼 외친 공작이 바닥을 박차고 달려들었다. 아렌

트는 작은 몸을 가뿐히 움직여 몸을 확 숙였다.

 콰아앙!

 살벌한 검기를 띤 공작의 검이 아렌트 대신 창문과 벽을 크게 베어 냈다. 아렌트가 잠시나마 아쉬워했던 연출이 실현되는 순간이었다.

 "호오?"

 아렌트의 입에서 순수한 감탄사가 터져 나왔다.

 창문은 산산조각 났고, 벽에는 베인 자국이 선명했다.

 이 정도라면 제법 괜찮은 실력이었다. 국왕이 신뢰하고 왕궁으로 불러들일 만도 했다.

 하지만 여유 부릴 틈은 별로 없었다. 자신을 향해 곧장 다음 공격이 날아들었으니.

 "……!"

 콰드득!

 위기를 감지한 아렌트가 급히 뒤로 몸을 빼자마자, 방금 전까지 그가 서 있던 자리에 커다란 검상이 새겨졌다.

 가뿐히 착지한 아렌트는 바닥에 흩어진 유리 조각을 밟고 섰다.

 '여기에서 내 검법을 곧이곧대로 보여 주는 것도 별로 내키지 않으니까…….'

 짧은 순간 머리를 굴린 아렌트는 곧 양손으로 강하게 검을 쥐며 글렌의 움직임을 머릿속으로 그려 냈다.

 글렌이 영문도 모른 채 희생양으로 선택된 순간이었다.

'거리를 두고 무식하게 힘으로 찍어 내리는 방식이었던가.'

그리고는 곧장 자리를 박차고 공작에게 달려들었다.

카아앙!

검과 검이 맞부딪치며 어둠 속에서 불꽃이 튀었다. 아렌트의 검을 튕겨 낸 공작이 재차 검을 휘둘렀지만, 아렌트는 작은 체구를 이용해 가뿐히 피해내곤 책상 위에 밝혀둔 램프를 쳐 넘어뜨렸다.

기름이 쏟아진 램프의 불이 꺼지고, 이제 방안을 비추는 건 밝지도 않은 달빛뿐이었다.

"이놈!"

곧장 달려든 공작이 크게 검을 내려쳤다.

우지끈, 방금까지 공작이 업무를 보던 책상이 깔끔히 양단되어 쓰러졌다. 그 꼴을 본 아렌트는 힐끗 시선을 돌려 주변을 확인했다.

고작 몇 번 합을 주고받았을 뿐인데도 사방은 엉망이 되어 있었다. 이 정도라면 아무리 둔해 빠진 기사들이라도 이변을 알아차렸을 것 같았다.

'굳이 오래 끌 필요는 없지.'

이미 목적은 달성했으니까.

아렌트는 다시 공작에게 집중했다. 이제 남은 건 저 멧돼지 같은 공작을 떨쳐 내고 튀는 것뿐이었다.

마침 그때, 복도 너머에서 한 무리의 사람들이 달려오

는 기척이 느껴지기 시작했다.

공작 역시 그것을 알아차린 듯 움찔했다.

얼마 지나지 않아, 쾅쾅쾅!

누군가가 거칠게 문을 두드리기 시작했다.

"공작님, 무슨 일이십니까? 괜찮으십니까?"

"침입자다! 이곳은 내가 맡을 테니, 얼른 출입구를 막아라!"

공작이 검을 고쳐 쥐며 사납게 외쳤다. 이제 슬슬 물러날 때라는 거였다.

아렌트는 피식 웃고는 훌쩍 뒤로 물러서 창틀을 밟고 섰다.

"오늘은 이쯤 해 두도록 하지."

"네 이놈, 도망치는 것이냐! 부끄럽지도 않더냐!"

공작이 이를 부득 갈며 쏘아붙였다.

당연히 아렌트로서는 딱히 부끄러울 건 없었다.

면이 상하는 건 사칭 당한 악신교지, 자신이 아니었으니까.

"다음에 다시 만날 기회가 있으면 좋겠군, 공작."

작은 체구에서 뿜어져 나오는 기세에 공작이 주춤한 찰나, 아렌트가 입을 열었다.

"내 이름이 궁금하다 했으니, 특별히 알려 주도록 하지."

아렌트는 더욱 쉰 음성을 내며 어조를 착 내리깔았다.

"나는 위대하신 어둠을 모시는 자, 그분을 존중할 줄 모르는 그대들에게 그분을 대신해 천벌을 내릴 자……."

기괴했지만, 그의 목소리는 유난히도 한 글자씩 뇌리에 선명히 꽂혀 들었다. 마치 압도당한 기분을 느끼며, 공작은 넋을 놓은 채 그를 멍하니 보았다.

아렌트는 씨익 웃으며 양팔을 활짝 펼쳤다.

동시에 서리 어린 손길을 좀 더 강하게 발동했다. 섬뜩한 한기가 두 사람을 휘감았다.

"내 이름은 로저. 똑똑히 기억해 두도록."

"로저……?"

공작이 멍하게 중얼거리다 얼굴을 와락 구겼다. 그것을 확인한 순간, 아렌트는 훌쩍 창문 아래로 뛰어내렸다.

"앗, 이놈!"

퍼뜩 정신을 차린 공작이 급히 창가로 달려갔다. 침입자는 빠른 몸놀림으로 이미 어둠 저편을 향해 달아나고 있었다.

기사 몇몇이 그의 뒤를 추격하는 듯했지만, 상대가 될 리 없었다.

"하……."

공작은 허탈하게 한숨을 내쉬며 축축이 젖어 든 이마를 쓸어내렸다. 그런 와중에도 그는 머릿속에 강렬히 새겨진 이름을 떠올렸다.

"……로저라 했나."

공작의 입에서 한기 어린 목소리가 흘러나왔다. 양 눈동자에 선명한 적의가 차오르기 시작했다.

"비겁하게 도망치는 주제에 아주 의기양양하군."

다음에 마주친다면 결코 그냥 보내지는 않으리라, 미들턴 공작은 단단히 결심했다.

* * *

"뭐라고 변명이라도 해 봐, 이 자식아."

아렌트의 멱살을 잡은 채, 르웰린이 살기 등등하게 말했다.

그 뒤에는 얼굴이 창백하게 질린 빅토르 왕세자와 아직까지 잠들어 있는 치료사가 있었다.

아렌트는 르웰린을 마주 보며 뻔뻔하게 대꾸했다.

"난 내 할 일을 했을 뿐인데, 변명을 왜 해?"

"이 새끼야, 그게 지금 할 소리야? 잠깐 탐색만 한다더니 온 왕궁을 다 뒤집어 놓는 게 말이나 돼?"

하지만 르웰린은 사납게 쏘아붙이며 아렌트를 짤짤 흔들어댔다.

그러나 그걸 주의 깊게 들을 아렌트가 아니었다.

"아, 어쩌라고. 그러면 밤새도록 잠복하면서 제대로 된 결론도 못 내리고 시간 낭비만 해? 이왕 하는 거 확실하게 처리하는 게 좋지."

"확실하게는 지랄. 지금 왕궁 난리 난 거 안 보여? 이거 진짜 미친 새끼 아냐?"

르웰린은 혹여 바깥에 들리기라도 할세라 목소리를 잔뜩 죽이면서도 욕을 퍼부었다.

"너 진짜 죽고 싶어서 환장했냐? 하다 하다 남의 왕궁에서 깽판을 쳐?"

사라진 침입자를 찾느라 온 왕궁은 발칵 뒤집혀 있었다. 르웰린은 소란을 틈타 빅토르 왕세자를 끌고 아렌트가 있던 치료실로 왔다.

그리고 얼마 지나지 않아 기사들을 따돌리고 복귀한 아렌트와 마주친 것이다.

"내가 전부터 말하지 않았나? 불만 있으면 좀 더 잽싸게 움직이라고."

"아오, 진짜!"

결국 르웰린은 내던지듯 아렌트를 놓아주었다. 아렌트는 옷을 툭툭 털고는 르웰린의 뒤에 선 빅토르에게 시선을 주었다.

왕세자는 완전히 얼이 빠진 채 입을 쩍 벌리고 있었다.

"그러니까……. 시종이 아니었습니까?"

아렌트와 눈이 마주친 왕세자가 간신히 르웰린을 향해 물었다.

그러나 그 질문에 답을 내어 준 건 르웰린이 아니었다.

"시종이겠습니까? 그렇게까지 맹해서 이 험한 세상을

어떻게 살아가시려고."

시종 렌의 모습을 한 아렌트는 왕세자를 똑바로 올려다보며 빈정거렸다.

생전 처음 당하는 대우에 빅토르는 넋을 놓아 버렸고, 상상을 초월하는 불경함에 르웰린은 그냥 얼굴을 양손에 파묻어 버리고 말았다.

진심으로 위장에 구멍이 뚫릴 것 같았다.

* * *

드잡이하는 것은 잠시 뒤로 미뤄 둔 채, 두 사람은 일단 서로의 상황부터 공유했다.

르웰린에게서 왕의 상태를 전해 들은 아렌트가 살짝 인상을 찌푸렸다.

"그러니까, 전하께서는 이미 한참 전에 구울이 되셨다고 봐야 하는 거겠네. 그리고 저하께서는 그런 전하의 모습을 숨기는 공작을 목격하신 거고."

"그런 셈이지."

르웰린이 굳은 얼굴로 고개를 끄덕였다. 그때까지만 해도 멍하니 있던 빅토르가 멍청하게 되뇌었다.

"그러니까……. 아렌트 폰 에크하르트 경이라고? 그대가?"

"네. 그렇습니다만. 뭐 불만이라도 있으십니까?"

시종 모습을 한 아렌트가 어깨를 으쓱했다.

"겉모습은 마법으로 잠깐 바꿨을 뿐입니다. 이쪽에 걸출한 마법사가 있어서요."

그 꼴에 빅토르는 더욱 아연해지고 말았다.

빅토르는 회담에서 본 아렌트의 모습을 선명하게 기억하고 있었다.

견습의 신분에도 불구하고 단장과 황태자를 바로 옆에서 보좌하며, 악신교와 얽혀 소동을 일으켰던 알로이스를 정면으로 상대해 낸 어린 기사.

악신교와의 싸움이 길어질수록 명성과 더불어 아렌트의 성질머리에 대한 악명도 자자해져 가고 있었다.

그리고 최근에는 목숨을 걸고 라이오스를 구해 낸 일화로 더욱 그 이름이 높아진 자였다.

"……그렇다면 황태자 전하께서 보내신 건가?"

멍하니 있던 빅토르가 간신히 제대로 된 질문을 꺼내자, 아렌트가 간단히 고개를 끄덕여 주었다.

"저하께서 부고를 전달하신 덕분에 난리가 났거든요. 무턱대고 움직일 수는 없으니, 먼저 사태를 파악하기 위해 선발대로 움직였습니다."

그의 답에 빅토르가 눈에 띄게 안도한 표정을 지었다.

"그렇군……. 민폐를 끼쳐서 전하께는 그저 죄송할 따름이야. 네펠레 왕국과 에버란 왕국에도 폐를 끼쳤군."

"죄송은 저한테 하셔야죠. 덕분에 안 해도 될 개고생을 하는 중……."

 팁. 재빨리 움직인 르웰린이 아렌트의 입을 틀어막았다.

 빅토르가 눈을 휘둥그레 뜨자 르웰린이 어색하게 웃었다.

 "이 자식 말은 그냥 흘러들으시면 됩니다, 형님. 워낙 싸가지가 없는 녀석이라, 그냥 그러려니 하세요."

 "푸하! 더럽게 진짜. 어딜 손대?"

 르웰린의 손을 확 치워 버린 아렌트가 사납게 눈을 치떴다.

 분명히 수수한 시종의 겉모습이었지만, 어쩐지 은발의 신경질적인 견습 기사의 얼굴이 선명하게 떠오르는 표정이었다.

 혹여나 더 엄한 말이 나오기 전, 르웰린이 재빨리 화제를 돌렸다.

 "그나저나 어떻게 된 거야? 무슨 짓을 하면 공작이랑 싸움을 벌여?"

 "약간 떠봤을 뿐이지. 그리고 왕세자 저하께서 이곳에 있는 걸 보아하니……."

 아렌트의 눈동자가 소리 없이 굴러 빅토르에게 닿았다.

 "아무래도 왕세자 저하께서도 결백하신 모양이네요. 잘됐네. 이거 일이 더 골치 아파지겠어요."

"……진짜 부탁인데, 제발 아무렇지도 않게 그런 말 하지 말아 주라."

한숨을 푹푹 내쉰 르웰린이 걷어차인 정강이를 한 번 더 쓸어내리고는 화제를 돌렸다.

"그건 또 무슨 소리야? 흑막은 미들턴 공작이 아니었어?"

"아닌 것 같더라고. 게다가 그쪽은 왕세자 저하를 의심하고 있던데?"

아렌트가 다시 한번 어깨를 으쓱했다.

"순진해 빠진 왕세자 저하를 꾀어내고, 전하를 그 꼴로 만든 게 나냐고 묻던걸."

아렌트와 눈을 마주친 빅토르가 움찔했다. 르웰린이 다시금 캐물었다.

"공작이 결백하다는 건 어떻게 알아냈어? 그냥 싸움박질만 하고 온 거 아냐?"

"그렇긴 하지만, 싸움박질에도 여러 가지 종류가 있거든."

빅토르에게서 시선을 뗀 아렌트가 심드렁히 대답했.

잠깐 멍하니 있던 르웰린이 제 귀를 의심하며 되물었다.

"잠깐만, 너 도대체 무슨 짓을 한 거야?"

"별 건 아니고. 그냥 악신교 놈들 사칭하면서 들이받았을 뿐이야."

아렌트가 어깨를 으쓱였다. 르웰린은 더더욱 아연해지고 말았다.

"난 진짜 널 어쩌면 좋을지 모르겠다……."

"그냥 즐겨. 재밌잖아. 친구 하자고 먼저 들러붙었으니 당연히 이 정도는 감당해야지."

차마 뭐라 대꾸할 말도 생각나지 않을 정도의 뻔뻔함이었다.

"아마 조만간 공작이 직접 저하께 알현을 청하실 겁니다. 악신교를 이용해서 자신을 습격하도록 사주하고, 전하를 해친 게 당신이냐면서 윽박지를걸요."

"……뭐?"

멍하니 있던 빅토르가 멍청한 소리를 냈다. 아렌트는 거기에 대고 친절히 대답해 주었다.

"공작이 저한테 왕세자 저하께서 보낸 살수냐고 캐물었거든요. 거기에 딱히 반박은 안 했습니다. 아마 지금쯤 저하께서 벌이신 일이라 철석같이 믿고 있을걸요."

"……."

빅토르와 르웰린은 다시금 할 말을 잃어버리고 말았다.

"……이거 진짜 미친 새끼 아냐……."

한참 만에 르웰린이 혼이 빠져나간 채 중얼거렸다. 자신이 미처 그것을 소리 내서 말했다는 자각조차 없는 것 같았다.

퍼뜩 정신을 차린 빅토르가 외쳤다.

"아니, 숙부께서는 어찌하여 나를……! 오히려 수상한 행동을 보이시던 건 숙부님이실 텐데?"

"왜겠어요. 저하께서 공작을 수상하게 여기셨던 거랑 똑같은 이유겠죠."

아렌트가 뚱하니 대꾸했다.

"서로 보기 아니꼬운데 까놓고 대화하기는 신분 때문에 좀 껄끄럽고. 그렇다고 그냥 모르는 척하자니 거슬리고."

"……."

앳된 목소리가 이어질수록 빅토르의 얼굴이 차차 창백해져 갔다. 그러거나 말거나, 아렌트는 주머니에 손을 푹 꽂아 넣으며 계속해서 말했다.

"대놓고 견제하려니 밥그릇 지키는 개처럼 보일까 봐 그것도 내키지 않고. 그래도 영 도움이 안 되는 사람은 아니니, 그냥 마음속으로만 서로 눈에 거슬려 하다가 이 사달이 난 거잖아요."

"……."

두 사람 사이에서 어색하게 눈치를 살피던 르웰린이 얌전히 뒤로 빠졌다. 그러자 아렌트가 성큼, 왕세자 앞으로 바싹 다가갔다.

"둘이서 먼저 멱살잡이를 하시든 대화를 나누시든 했으면 진작 해결됐을 일을 지금껏 질질 끄셨죠?"

자신의 일은 스스로 하시죠? 〈193〉

"그······."

"구울에 대한 보고서는 매번 받아 보셨을 테고. 그 상태의 전하를 발견하신 순간 이미 일이 어떻게 된 건지 감을 잡으셨을 텐데."

빅토르의 바로 코앞에 선 아렌트가 또박또박 말했다.

"분명히 루카인 왕국 내부의 힘만으로 해결할 수 있는 방법이 있었을 겁니다. 일단 집안싸움을 먼저 끝내놓고 결론을 내려놓은 다음에 도움을 청하시는 게 옳은 순서 아니셨을까요?"

아무런 감정조차 느껴지지 않는 차가운 시선에 왕세자는 자신의 지위도 잠시 잊어버린 채 뻣뻣하게 굳어 버렸다.

"두 분이 앉아서 말싸움 한 번만 했으면 진즉 해결됐을 일인데. 덕분에 기사 셋은 뜬금없이 두들겨 맞았고, 치료사는 수면제 때문에 기절하고, 추적자를 찾느라 난리가 난 친위 기사단은 밤새도록 야근하게 생겼네요. 아주 잘하시는 짓입니다."

"······."

연이어진 독설에 빅토르의 얼굴이 시체처럼 검게 죽었다. 르웰린은 그를 애잔하게 바라보았다.

장담하건대, 지금의 왕세자보다는 진에게 개조당한 구울 쪽이 더 생기가 넘칠 것 같았다.

아렌트의 말이 이어졌다.

"그리고 다른 사람의 선의를 너무 곧이곧대로 믿는 것도 썩 바람직하지는 않습니다. 저하께서 칼리온 제국의 뭘 믿으신 건지 모르겠습니다만, 만약 칸타레스 전하께 조금이라도 나쁜 계략이 있었다면 어쩌실 생각이셨습니까?"

"하지만 나쁜 계략이라니, 그러실 리가……. 칼리온 제국은 정의로운 루체 님의……."

가까스로 정신을 차린 빅토르가 뭐라 항변하려 했지만, 그조차도 견습 기사의 차가운 목소리에 가로막히고 말았다.

"정의? 루체 님이요?"

"……."

"기도하고 가만히 기다리면 그 빌어 처먹을 신이 도와주기라도 한대요? 그 신이라는 작자는 구경만 하고 정작 개고생하는 건 우린데, 지금 누구 앞에서 신을 찾아대시는 겁니까?"

"……."

"우리 황태자 전하가 호구 같은 인간이라 다행이죠. 조금만 더 영악한 분이셨다면 이번 일을 핑계로 골수까지 빨아먹으려고 하셨을 겁니다."

"……."

빅토르의 얼굴이 희게 질렸다.

쉴 틈 없이 쏟아지는 폭언과 틈틈이 끼여 있는 무시무

시한 신성모독, 게다가 은근슬쩍 자신이 모시는 황태자를 호구라고 부르는 정신 나간 행태에 정신이 혼미해진 것이다.

"그러니까 미들턴 공작 사이에 남은 오해는 직접 푸시죠. 지금 당장 공작을 찾아가든 구울이 된 왕을 침실에서 끌어내든 당장 움직여요. 그리고, 마지막으로 하나 조언해 드리겠습니다만……."

쿡, 아렌트의 손이 왕세자의 가슴팍을 찔렀다.

"어지간하면 자신의 일은 스스로 하시죠? 이 나라의 왕세자가 본인임을 잊지 마시고. 타국의 견습 기사 따위에게 이런 험한 꼴 당하기 싫으시면요."

"……."

당장 왕실 모독죄로 체포당해도 할 말 없을 불경이었다. 하지만 빅토르는 차마 그 행동을 지적할 엄두조차 내지 못했다. 조목조목 다 옳은 말들뿐이었으니까.

치료실의 공기가 차갑게 얼어붙었다. 빅토르는 입을 꾹 다물고 고개를 푹 숙인 채 아무런 말도 하지 않았다.

"……."

르웰린 역시 섣불리 입을 열지 못했다. 빅토르의 심정도 충분히 이해하지만, 아렌트가 한 말도 틀림이 없었기 때문이었다.

이 상황에서 눈치를 보지 않는 사람은 딱 한 명, 아렌트뿐이었다.

아무렇지도 않게 빅토르에게서 빙글 몸을 돌린 아렌트가 다시 입을 열었다.
"그나저나 렉시온 님은 왜 이렇게 오래 걸리시는……."
하지만 그 말도 완전히 끝맺지 못했다. 갑자기 아렌트가 말을 멈추자 빅토르와 르웰린이 멈칫했다.
"으으……."
그때, 치료사를 눕혀 둔 침대 쪽에서 신음 소리가 흘러나왔다.
아렌트가 빠져나가기 전 꽁꽁 묶어 결박해 둔 그를, 르웰린이 풀어주고서 침대에 눕혀 두고서는 완전히 존재를 잊어버리고 있었다.
"……!"
빅토르의 얼굴이 사색이 되고, 르웰린 역시 당황해 얼어붙어 버렸다.
하지만 그때, 두 사람에게 또다시 낯선 목소리가 들려왔다.
"정, 정말입니다! 치료사님이 갑자기 쓰러지셨는데, 바로 낯선 사람이 들어와서는, 본궁이 어디에 있냐면서 윽박질렀어요."
얼핏 울음기마저 느껴지는 음성의 근원지는 물론 아렌트였다.
반사적으로 고개를 돌린 두 사람은 다시금 기함을 터뜨릴 수밖에 없었다.

"그런데 왕궁은 난리가 났다고 하지, 무서워서……."

시종 렌의 껍질을 뒤집어쓴 아렌트가, 겁에 잔뜩 질린 채 눈물이 그렁그렁한 눈으로 그들을 올려다보고 있었다.

"……."

빅토르의 눈에서 혼이 다시금 빠져나갔고, 르웰린은 당장이라도 혀를 깨물어 버리고 싶은 심정이 되고 말았다.

"으윽, 머리야. 이게 무슨……."

막 정신을 차린 치료사가 몸을 일으키고 주변을 두리번거리는 기척이 느껴졌다.

그 틈을 놓치지 않고, 아렌트는 손을 뻗어서 르웰린의 옷소매를 붙잡았다.

"르웰린 님, 아무 일도 없으셨던 거 맞죠? 다친 곳은 없으시구요? 진짜 괜찮으신 거 맞죠?"

"나 진짜 너무너무 힘들다……."

그의 시선을 피하며 르웰린이 허공을 향해 읊조렸다. 진심이 듬뿍 담긴 한탄이었다. 빅토르는 미처 신세를 비관할 정신도 남아 있지 않은 듯, 영혼이 빠져나간 얼굴로 그저 천장만 바라볼 뿐이었다.

* * *

이른 아침.

빅토르 왕세자와 르웰린 왕자는 해가 뜨자마자 미들턴 공작을 찾아갔다.

갑작스러운 방문자에 당황하는 것도 잠시, 미들턴 공작은 그들을 방 안으로 들였다.

"저하께서 먼저 찾아오실 줄은 미처 예상치 못했습니다. 그리고 에버란 왕국의 르웰린 왕자님까지 함께 오셨군요."

왕세자를 가장 상석에 앉히고, 르웰린과 마주 앉은 미들턴 공작이 먼저 입을 열었다.

르웰린이 어색하게 미소 지으며 묵례했다.

"처음 뵙겠습니다, 미들턴 공작."

"말씀은 익히 들었습니다. 최근에는 칼리온 제국에 머무신다 들었습니다만, 갑자기 루카인 왕국으로 들어오셨다고 해서 놀랐습니다."

공작에게서 무뚝뚝한 대답이 돌아왔다.

예의를 갖추고는 있었지만, 공작의 눈동자에는 노골적인 경계심이 녹아들어 있었다.

르웰린은 여전히 웃는 얼굴로 대답했다.

"왕세자 저하께서 불청객을 반갑게 맞아 주셔서 그저 감사할 따름입니다."

"인사치레는 이쯤 하면 된 듯하고……. 이른 시간부터 어쩐 일들이십니까?"

미들턴 공작이 다소 날카롭게 본론을 꺼내 들었다. 공

작의 차가운 시선이 빅토르에게 닿았다.

"굳이 돌려 말하지 않겠습니다, 저하. 이 늙은이가 무사한지 직접 확인하고 싶으셨던 겝니까?"

"오해를 풀러 왔습니다, 숙부."

빅토르가 침착하게 입을 열었다. 그러자 미들턴 공작의 시선이 더욱 어둡게 가라앉았다.

"오해라. 어떤 오해를 말씀하시는지."

"일단 어젯밤의 일에 관해서부터 대화를 나눴으면 합니다."

충분히 움츠러들 법도 했지만, 빅토르는 당황하지 않고 말을 이었다.

"우선 어디 상한 곳이 없으셔서 다행입니다. 왕세자의 자리를 걸고 맹세컨데, 그것은 제가 한 짓이 아닙니다."

"예?"

설마 왕세자가 대놓고 그리 말할 줄은 몰랐다는 듯, 미들턴 공작이 눈살을 찌푸렸다. 자신의 숙부를 정면으로 마주 보며 왕세자가 말했다.

"우리는 서로 오해가 있는 것 같습니다. 시체 모습의 전하를 목격하고, 그것이 숙부님이 악신교의 사주를 받아 벌이신 일이라 여겼습니다. 하지만 어제, 악신교라 신원을 밝힌 이의 습격을 받으셨으니……."

물론 그 범인은 아렌트 폰 에크하르트 경이었지만.

빅토르는 마른침을 한번 꿀꺽 삼키고는 준비한 대사를

이어 갔다.

"그것이 숙부께서 벌이신 게 아니라고 확신했습니다. 그래서 이리 먼저 대화를 청한 것입니다. 그간의 무례는 정중히 사과드리겠습니다."

"……."

왕세자를 응시하는 공작의 두 눈동자에 살짝 이채가 돌았다.

시선을 피하지 않는 왕세자의 모습이 의외인 듯했다.

"르웰린 왕자에게 동행해 달라 부탁한 것도 접니다. 왕국의 중대사를 논하는 자리에 타국의 인사를 불러들이는 것이 바람직한 일이 아닌 줄 압니다만……."

빅토르는 살짝 긴장한 것 같았지만, 그래도 어깨를 움츠리지 않으려 애썼다.

"악신교가 개입했다는 게 명확해졌으니, 르웰린 왕자의 도움을 받는 게 좋을 듯해서요. 그는 칼리온 제국과 가까이 지내니 분명 우리에게 도움을 줄 수 있을 겁니다."

왕세자의 결연한 얼굴에서는 일견 자신감마저 엿보일 정도였다.

그 모습을 지켜보던 르웰린은 속으로 짧게 감탄을 터뜨렸다.

'바로 이렇게 효과가 나타나다니.'

하긴, 딱히 이상한 일은 아니었다.

그때부터 해가 뜨기 직전까지 아렌트에게 온갖 욕이란 욕은 다 먹으며 공작 앞에서 꺼내야 할 모든 대사를 주입당했으니까.

거기에다 몸가짐과 표정, 자세 하나하나까지 지적당한 것은 덤이었다.

평생 왕세자로 살면서 한 번도 당해 보지 못한 치욕을 한꺼번에 겪었으니, 아무리 물러 터졌다고 한들 저절로 독기를 품을 수밖에 없었다.

바로 옆에서 보던 르웰린마저도 질릴 지경이었으니까.

"……그렇게 말씀하시다면야, 저 역시 기꺼이 대화에 응하겠습니다."

공작이 얼굴을 굳히며 천천히 고개를 끄덕였다.

아직 의심을 전부 거둔 건 아닌 듯했지만, 진솔한 태도에 마음이 움직인 듯했다.

빅토르가 차분하게 물었다.

"우선 전하의 상태에 대해 진지하게 이야기를 나눠 볼 필요가 있을 듯합니다. 숙부께서는 자세히 아시는 바가 있으십니까?"

이제부터 본격적으로 대화가 시작될 모양이었다.

르웰린은 옷매무새를 정리하는 척하며, 품에 숨긴 영상 기록석이 제대로 작동하고 있는지 확인했다.

'이게 도대체 뭐 하는 짓인지 모르겠다만.'

르웰린은 한숨을 푹 삼켰다.

'왕자답게 사는 게 싫어서 제 발로 궁을 박차고 나오긴 했는데…….'

그렇다고 남의 왕궁에서 첩자 짓을 할 거라곤 누가 상상했을까.

하지만 그것조차 자신이 자초한 일이니, 이렇게 된 이상 그 망할 녀석에게 어울려 줄 수밖에 없었다.

* * *

대략적인 보고를 들은 칸타레스가 잠깐 침묵했다.
아렌트가 먼저 물었다.
"무슨 생각 하십니까?"
—다른 건 다 제쳐 두고, 르웰린 왕자에게 어떻게 사과하면 좋을지 고민하는 중이다.

통신구 너머에서 칸타레스가 침착하게 대답했다. 아렌트는 소파에 편안하게 몸을 기대며 대꾸했다.

"사과할 일이 뭐가 있어요? 다 본인이 원해서 하는 일이잖아요. 그 녀석도 본국에서는 제법 천방지축이라 불리는 모양인데, 이 정도쯤이야."
—이 양심도 없는 놈아, 진심으로 그렇게 생각하냐?
"완전 진심입니다만, 뭐 문제라도 있어요?"
—너. 네 존재 자체가 문제야, 이 자식아.

황태자가 으르렁대든 말든, 아렌트는 아무렇지도 않게

화제를 돌려 버렸다.

"어쨌든 공작과 왕세자가 나눈 대화는 영상 기록석에 고스란히 남겨 뒀으니, 나중에 넘겨드리겠습니다. 여차하면 협박용으로라도 쓰세요."

-너 진짜 기사 맞냐?

황당하게 되묻던 황태자는 이내 모든 걸 다 포기해 버리곤 한숨을 푹 내쉬었다.

-어쨌든, 그렇게까지 했다는 건, 넌 아직 공작과 왕세자를 완전히 신뢰하지 못하겠단 거군.

"뭘 보고 믿어요? 빅토르 왕세자는 생각보다 얼빠진 사람이고, 미들턴 공작은 고집 센 노인네라는 것만 확인했을 뿐인데."

아렌트의 대답에 칸타레스가 끙 앓는 소리를 냈다.

-왕세자는 딱 네가 싫어할 부류의 사람이긴 하다만……. 나름대로 강단은 있다고 보는데. 아무리 평화로운 시대라고 해도 왕세자 직무를 수행한다는 건 쉬운 일이 아니야.

"아무도 도전하지 않았으니 강단을 지킬 수 있었던 것뿐이죠."

아렌트가 단호하게 대꾸했다.

"그러니 왕세자를 제쳐 두고 왕의 동생 따위가 슬금슬금 고개를 쳐들지."

-보통 왕세자의 숙부 정도 되면 따위라고 불릴 위치는

아니다만.

 착잡하게 대답한 칸타레스가 말머리를 원래대로 돌렸다.

 -됐고, 상황 설명이나 마저 해. 이미 왕세자와 공작의 대화도 다 검토했을 거 아냐.

 "재촉하시긴. 안 그래도 말씀드리려고 했어요."

 아렌트는 손안에서 영상 기록석을 한 번 굴렸다.

 "일단 제 정체는 빅토르 왕세자만 알고 있는 것으로 했습니다. 지난밤 습격 사건은 악신교의 로저가 벌인 짓이라고 해 두려고요."

 -잠깐만, 야. 그 로저라는 놈, 대신전에서 널 죽일 뻔했던 자식 아냐? 그런 놈을 사칭하면서 장난질을 쳤다고? 진짜 이거 미친 새끼 아냐?

 "사소한 건 넘어가요. 국왕은 이미 구울로 변한 지 꽤 된 것 같습니다. 지금 르웰린이 왕세자랑 같이 직접 확인하러 갔는데……."

 황태자가 퍼붓는 욕은 그냥 못 들은 척해 버린 아렌트가 계속해서 말했다.

 "아무래도 구울화가 진행된 지는 꽤 된 것 같습니다. 그런데 국왕 본인은 뭐가 문제인지 미처 인지하지 못하는 상태라고 해요."

 -잠깐만, 그건 또 무슨 소리야?

 "말 그대로입니다. 본인이 구울이 되어 간다는 걸 알아차리지 못한다는 거죠. 일단 차례대로 말씀드릴게요."

이변을 가장 먼저 알아차린 것은 공작이었다.

국왕의 살이 썩어 들어가고 있다는 것을 알아차린 공작은 고심 끝에 왕을 숨기기로 했다.

왕실 내부에 숨어 있는 악신교의 끄나풀을 찾아내기 전에는 아무도 믿을 수 없다는 게 그 이유였다.

아렌트의 설명이 이어질수록, 칸타레스는 점점 할 말을 잃어갔다.

-......전하께서는 구울이 되셨다면서. 그 상태로도 순순히 공작에게 협력하신 건가?

한참 만에 황태자가 겨우 질문을 꺼냈다.

"네. 인지 능력이 현저히 떨어졌는지, 공작이 설득하니까 별말 없이 따르셨대요. 그래서 보좌관에게도 휴가를 주고, 주변에서 시중을 들던 시종들까지도 물릴 수 있었던 거죠."

아렌트는 눈동자를 데굴데굴 굴렸다.

"공작의 말로는, 점점 지능이 퇴화하시다 최근에는 4살배기 어린애와 비슷해지셨다고 하더라고요. 초반에는 그런대로 의사소통도 가능했는데, 지금은 원초적인 욕구 밖에 남지 않으셨답니다."

-진짜 환장하겠네. 원초적인 욕구는 또 뭐야? 완전히 돌아가신 게 아니란 거냐?

"네. 숨이 끊어졌다고 보기에는 어려울 것 같습니다.

식탐이 늘었고, 먹는 시간 외에는 거의 잠만 주무신대요. 몸은 점점 더 썩어 가고 있고요."

주변인은 물론 본인조차 눈치채지 못한 사이에 천천히 변해갔을 것이다.

공작이 이변을 알아차렸을 때는 이미 속수무책이었을 테고.

"말 그대로 산 채로 구울이 되신 거죠."

잠깐 뜸을 들이던 아렌트가 덧붙였다.

"렉시온 님이 잠깐 훑어보셨는데, 왕궁 내부에서 수상한 주술이나 신성력의 징후는 발견하지 못했어요. 그러니 이전에 발견되던 구울들과는 다른 방식으로 당하신 것 같아요."

-진짜 환장하겠네. 짚이는 부분은 없고?

"산 채로 구울이 된 실험체는 이미 몇 번이나 마주했고. 지능과 관련된 부분은 딱 하나 있긴 해요."

황태자의 물음에 아렌트가 살짝 인상을 찌푸렸다.

"기억하십니까? 지클린의 연구실을 처음 찾아냈던 곳이요."

-호수 광산에 있던 레어를 말하는 건가?

단박에 대답이 돌아왔다.

버려진 레어에 자리 잡고 연구실을 만든 진은 그곳 주변 마을 사람들을 상대로 실험을 자행했었다.

"거기에서 찾아낸 포로들……. 실험체로 희생됐던 사

람들 있잖습니까. 그 사람들도 비슷한 증세를 보였거든요."

─비슷한 증상이라면, 지능이 퇴화되는 거?

"네. 물론 그 사람들은 살이 썩어들어가거나 하지는 않았지만, 판단력이 흐려지고 어린애처럼 행동했거든요. 아마 자아를 빼앗는 주술이었겠죠. 그게 토대가 된 게 아닐까요?"

가짜 정령석을 만들려던 중에 생긴 부작용이었다.

"렉시온 님이 흔적을 발견하지 못하셨다는 건……. 작업은 우리가 이쪽에 도착하기 한참 전에 끝났다는 의미죠. 전하께서 완전히 잠식당하기까지는 시간이 조금 걸렸던 거고."

아렌트가 천천히 말을 이었다.

"아마 공작이 발견했을 땐 이미 주술사는 철수하고 자리를 떠 버린 뒤였을 거예요. 그리고 악신교에게 의뢰해 왕을 그 꼴로 만든 사람은 따로 있는 겁니다."

─그렇다면 지금 가장 유력한 용의자는…….

칸타레스가 신음처럼 중얼거렸다.

─일단 빅토르 왕세자와 미들턴 공작을 제외하면, 다른 왕자와 왕녀가 있군.

그의 말을 받아 아렌트가 덧붙였다.

"그리고 두 사람의 모친인 후궁과 왕비 전하도 있으시죠. 일단 이쪽에서 더 파 볼게요."

―알겠어. 사태 추이를 보아하니 슬슬 기사단을 그쪽으로 출발시키는 게 낫겠군. 혹시라도 늦는 것보다는 나을 테니까.

"그건 알아서 하세요."

건방진 대답이었지만, 황태자는 새삼 그것을 문제 삼지는 않았다.

대신 칸타레스는 다른 이야기를 꺼내 들었다.

―그나저나 괜찮은 거냐? 왕궁 안에서 그렇게까지 난리를 피워 놓곤. 물론 들쑤실 필요가 있었다는 점에는 나도 동의한다만.

칸타레스의 지적도 제법 타당했다. 그렇지 않아도 루카인 왕궁은 이미 악신교의 손이 뻗친 곳이었다.

―공작을 떠보기에 가장 좋은 방법이었다는 데에는 동의한다만, 지나친 모험이었던 거 아냐?

아렌트가 루카인 왕궁에 있다는 게 알려져서 좋을 것은 없었다.

누가 뭐래도 그는 체르니온 교단의 첫 번째 표적이니까.

―로저의 이름까지 들먹였으니 당연히 그쪽에서도 눈치채겠지. 설마 그런 짓을 할 미친놈이 너 말고 또 있을 리도 없고.

"후한 평가는 감사합니다만, 이럴 때를 위해서 준비해 둔 게 있잖아요."

자신의 일은 스스로 하시죠? ⟨209⟩

아렌트가 피식 웃음을 터뜨리자, 칸타레스는 한동안 침묵했다.

잠시 후. 황태자가 지극히 꺼림칙한 목소리로 다시 입을 열었다.

-야, 설마…….

"그 사람, 지금쯤 탱자탱자 놀고 있을 텐데. 이쪽으로 보내기 전에 일 좀 시켜요."

설마가 사람 잡는다는 말을 증명하듯, 아렌트가 산뜻하게 대답했다.

"황궁 안에서든 밖에서든 가볍게 소란 좀 피우라 그래요. 엄살은 좀 부릴 테지만, 아마 꽤 잘할걸요?"

-…….

칸타레스는 미처 아무런 말도 하지 못했다.

* * *

"저 혹시 휴가 신청 가능합니까?"

지시 사항을 들은 아렌트가, 정확히는 아렌트의 모습을 한 아서가 침착하게 물었다. 라이오스는 그에게 연민의 시선을 보내며 대답해 주었다.

"안타깝지만 안 될 것 같다."

"……."

아서가 다시 입을 꾹 다물었다.

마음 같아서는 사직도 불사하고 싶은 심정이었다.

하지만 자신 앞에서 속이 쓰려 죽겠다는 표정을 한 단장을 보고 있으니 차마 그런 말까지는 입 밖으로 꺼낼 수가 없었다.

모든 원흉은 그 빌어 처먹을 후배 놈이었으니까.

대신 아서는 그래도 자비심 넘치는 단장에게 빌어 보기로 했다.

"단장님, 전하께서는 진짜 진심이시랍니까? 진짜요? 이 자식 모습으로 밖에 나가야 하는 겁니까?"

"……."

"그냥 생활관 안에만 있어도 괴롭습니다. 선배들은 못 볼 꼴을 봤다는 것처럼 굴지를 않나……."

"이유는 대충 알겠다만."

저도 모르게 솔직하게 대답해 버린 라이오스가 아차 싶은 마음에 입을 다물었다.

하지만 이미 아서는 잔뜩 상처받은 표정을 짓고 있었다.

"단장님마저 이러실 겁니까?"

"……."

하지만 안타깝게도 역효과만 날 뿐이었다.

서럽게 말하는 얼굴이 아렌트의 모습인 이상, 그를 마주하는 사람들은 감당하기 힘든 거부감을 겪을 뿐이었으니까.

결국 라이오스도 슬그머니 한 발짝 뒷걸음질 치고 말았다.
"그, 미안하군."
"……."
아서는 허망한 표정을 지었다. 라이오스 역시 다소 떨떠름한 얼굴이 되고 말았다.
설마 아렌트의 얼굴에서 저렇게까지 다양한 표정을 볼 수 있을 거라곤, 지금껏 단 한 번도 상상해 보지 못했는데.
다른 기사들이 슬슬 피해 다니는 이유도 충분히 이해할 수 있었다.
아서 본인도 방에 있는 거울을 죄다 가려 버렸다고 하니 오죽하겠냐마는.
"일단 황태자 전하께서 내리신 명령은, 아렌트의 모습으로 활보하면서 가볍게 소란을 일으키라는 거였다."
라이오스는 슬그머니 화제를 돌려버렸다.
"아렌트가 루카인 왕국에서 제법 거하게 저지른 모양이라. 그걸 무마할 필요가 있다고 하시더군."
"하아아……. 그러니까, 아렌트 그 자식이 황궁에 있다는 걸 외부에 알릴 필요가 있다는 말씀이시죠?"
아서 역시 별수 없이 한숨을 푹 내쉬며 대화에 응할 수밖에 없었다. 라이오스가 고개를 끄덕였다.
"그렇지. 네가 복귀하는 대로 바로 우리도 루카인 왕국

쪽으로 출발할 예정이다만, 괜찮겠나?"

"무엇이 말씀이십니까?"

아서가 불만 가득한 표정으로 라이오스와 시선을 맞췄다. 여전히 적응 안 되는 모습이었지만, 라이오스는 침착하게 말을 이었다.

"아무래도 쉬운 일은 아니니까. 가장 중요한 건 네가 아렌트가 아니라는 걸 들키지 않는 거다. 괜히 의심 사면 너까지 위험해질지도 모른다."

즉, 자연스럽게 아렌트 행세를 할 수 있겠느냐는 말이었다. 아서는 끙, 앓는 소리를 내며 머리를 긁적였다.

"솔직히 자신은 없습니다. 그런 묘기는 아렌트나 가능한 거라구요."

"나도 그리 생각하는데……."

잠깐 뜸을 들이던 라이오스가 조심스럽게 덧붙였다.

"엄살 부리긴 하겠지만 너라면 충분히 할 수 있을 거라고, 아렌트가 그리 말했다더군."

"……."

아서가 멈칫했다. 아서의 것이 아닌 황금색 눈동자에 심란함이 그득하게 들어차는 것도 순식간이었다.

그리고 잠시 후.

"하아아아……."

아서가 어깨를 축 늘어뜨리며 깊은 한숨을 토해 냈다. 그리고는 신경질적으로 앞머리를 벅벅 긁으며 투덜거렸다.

"진짜 망할 녀석 같으니. 나보고 뭘 어쩌라고."

"할 수 있겠나?"

라이오스가 재차 물었다. 잠깐 입을 꾹 다물고 갈등하던 아서가 내키지 않는다는 얼굴로 천천히 고개를 끄덕였다.

"하겠습니다. 딱히 다른 방법도 없을 것 같으니까요."

"그렇군."

라이오스가 작게 미소 지으며 아서의 어깨를 툭, 두드려 주었다.

"리히트와 글렌을 붙여 주지. 함께 가라. 복귀한 직후에는 바로 출격을 준비하고."

"네. 알겠습니다. 최대한 빨리 복귀하겠습니다."

단장의 격려를 받은 아서가 결연한 얼굴로 고개를 끄덕였다.

아렌트의 얼굴에서 오는 부조화는 어쩔 수 없었지만, 그래도 라이오스는 조금 흐뭇해졌다.

그토록 겉돌던 아렌트가 드디어 사람들 사이에 섞여들었다는 게 체감된 탓이었다.

하지만 그 뿌듯함도 그리 오래가지는 않았다.

딱 1시간 뒤.

라이오스는 아서에게 적당히 하라는 충고를 덧붙여 주지 않은 것을 후회할 수밖에 없었다.

* * *

르웰린은 칸타레스와의 통신이 끝난 뒤 얼마 지나지 않아 돌아왔다.

르웰린은 방으로 돌아오자마자 아렌트의 모습을 보고는 질렸다는 표정을 지었다.

어디서 구했는지 감도 안 잡히는 온갖 책들에 둘러싸인 아렌트는 누가 쥐여 줬는지도 모를 과자를 냠냠대고 있었다.

"너 그거 다 뭐냐?"

"과자는 치료사가 주던데. 아까 잠깐 사과하러 다녀왔거든."

르웰린의 얼굴이 더욱 떨떠름해졌다.

"사과?"

"다른 낌새를 알아차리지 않았나 확인도 해 볼 겸. 혹시나 우리 대화를 들었을지도 모르니까."

어쩐지 눈앞에 그 모습이 선하게 보이는 것 같았다.

설마 쿠키가 바꿔치기 당한 줄은 몰랐다며 연신 고개를 숙이는 렌, 아니, 아렌트와 그 앞에서 사람 좋게 괜찮다며 손을 내젓는 치료사.

치료사는 순진하게만 보이는 어린 시종이 모든 일을 꾸민 장본인이라고는 꿈도 꾸지 못한 채, 괜찮다며 되려 과자를 들려 줬겠지.

"진짜 저 여우 같은 놈……."

"그리고 이건 노이만 정보상에서 보내온 거."

르웰린이 어처구니없이 중얼거리든 말든, 아렌트는 제 옆에 쌓인 서류들을 손으로 툭툭 두드렸다.

"마침 왕궁 근처에 지부가 있대서 상단주님께 부탁드렸지."

상단주를 통해 직접 의뢰하고, 르웰린의 이름으로 들여온 것들이었다.

이것저것 따지는 것은 모조리 포기하고, 르웰린은 한숨을 푹 내쉬며 아렌트의 맞은편에 앉았다.

"렉시온 님은 아직 소식 없고?"

"어어. 뭔가 제대로 찾아내신 모양이지. 아무래도 사태가 점점 재미있게 돌아가는 것 같단 말이지."

과자를 또 하나 입에 쏙 넣은 아렌트가 시큰둥하게 대꾸했다.

"전하는 어땠어?"

"공작이 말한 그대로더라. 식사를 가져다드리니 게걸스럽게 드시는데……. 궁중 예법은 고사하고 식기를 드는 방법도 잊어버리신 것 같더라고."

르웰린이 착잡하게 대답했다.

"맨손으로 입안에 음식물을 욱여넣으시더라. 얼굴은 거의 멀쩡하신데, 목 아래의 신체는 심하게 상하셨더군. 가장 초반에 발견됐던 구울이랑 비슷한 모습이셨어."

처참한 몰골이었다. 한 나라를 지배하는 지존이라고는 상상도 못 할 정도로.

"빅토르 형님은 충격이 심하신 것 같던데. 그래서 방까지 모셔다드리고 오는 길이야. 전하께서 그런 꼴이 되셨으니 당연한 일이지."

잠깐 입을 다물고 있던 르웰린이 눈을 아래로 내리깔았다.

"……섬뜩하더라. 왕궁 한가운데서 이런 일이 생긴다는 게 말이나 돼? 심지어 피해자가 국왕 전하시라니."

왕은 나라에서 가장 엄중히 보호받는 존재였다. 그런데도 이렇게까지 속수무책으로 당했다는 게 믿기지가 않았다.

그를 힐끗 본 아렌트가 대답했다.

"방심의 대가지. 말했잖아, 아무도 믿지 말라고. 에버란 왕국에서 그런 꼴을 보고 싶지 않다면 네가 분발해."

르웰린은 그제야 고개를 들고 그를 흘겨보았다.

"하여튼 차가운 자식."

"황실 기사단이 이쪽으로 출발한대. 아마 3기사단이랑 자카르 님의 안개숲 친위대가 동행하실 거야."

아렌트의 말에 르웰린이 투덜거렸다.

"그렇다면 일단은 마음을 좀 놔도 되겠네. 빅토르 형님께는 죄송한 말씀이지만, 왕실의 병력은 누가 어떻게 침투해 있을지 모를 상황이 됐잖아."

"그렇지. 단순히 침투해 있다는 말 정도로 퉁칠 수 있을지는 잘 모르겠지만."

제법 의미심장한 대답에 르웰린이 살며시 인상을 찌푸렸다.

"그게 무슨 뜻이야?"

"아직 뭐라고 콕 집어 말할 수는 없지만……."

눈앞에 모인 자료 몇 장을 팔락팔락 넘기며, 아렌트가 담백하게 덧붙였다.

"어쩐지 상황 전반에서 이질감이 느껴져서."

"물론 누가 봐도 이상한 상황이긴 한데."

르웰린이 애매하게 눈썹을 찌푸렸다.

"전하께서 저리되실 때까지 배후 쪽에서 아무런 움직임이 없었다는 게 이상해."

"내 생각도 그래. 권력을 장악하는 게 목적이었더라면, 전하께서 인지능력이 떨어지기 시작했을 무렵에 슬슬 마수를 뻗쳤어야 하는 데, 지금껏 감감무소식이란 말이지."

거기까지 말한 아렌트가 과자를 또 하나 입에 쏙 넣었다.

"그러니까 물러 터진 왕세자랑 고집불통 늙은이만 서로 날 세우고 있던 거고."

"으음……."

얼굴을 구기며 앓는 소리를 낸 르웰린이 다시 운을 뗐다.

"어쩌면 그게 목적이었던 거 아냐? 형님과 미들턴 공작이 서로 의심하게 만드는 거."

"답지 않게 머리를 좀 썼네? 그것도 염두에 둔 시나리오 중 하나긴 해."

"답지 않다는 말은 또 뭐야, 이 망할 녀석아."

르웰린이 사납게 으르렁대는 것을 무시해버린 아렌트가 말을 이었다.

"실제로 두 사람은 서로 의심하고 있었으니까. 그것도 적의 노림수였을지도 모르지. 하지만 그건 너무 운에 맡기는 방식이잖아. 두 사람이 서로 적이 아니라는 것만 확인하면 전부 다 수포로 돌아가버려. 바로 지금처럼."

잠시 눈을 흡뜨던 르웰린이 별수 없이 고개를 끄덕였다.

"……그것도 그래. 두 사람을 이간질할 방법은 차고 넘쳐. 전하를 시해하고서 빅토르 형님께 미들턴 공작을 밀고하는 쪽이 훨씬 간단하다고."

"그렇지. 세 사람을 다 치워 버리고 싶었던 거라면 아예 처음부터 다 살해하고 시작하는 방법도 있고."

제아무리 왕궁의 경비가 단단하다고 해도, 왕이 당한 상태였다.

그러니 빅토르와 미들턴 공작을 처리할 빈틈 정도야 충분히 많았을 것이다.

"굳이 그런 귀찮은 방식을 고른 게, 아직은 이해가 안 된단 말이지……."

잠깐 고민에 빠졌던 아렌트가 화제를 다른 쪽으로 돌렸다.

"일단은 노이만 정보상 쪽에서 왕실에 대한 간단한 정보를 구해 봤어. 너도 대강 훑어봐."

"왜 굳이? 빅토르 형님께 여쭤보는 편이 제일 빠르잖아."

맹한 질문을 던졌던 르웰린은 노골적으로 한심하다는 기색을 드리운 아렌트의 시선에 입을 꾹 다물었다.

"……그렇지. 지금 당장은 아직 형님도 미들턴 공작도 완전히 믿을 수 없지."

"그리고 만에 하나, 본인 왕국에 해가 될 것 같으면 제대로 된 정보를 넘겨주지 않을지도 모르니까. 특히 미들턴 공작 쪽."

아렌트가 그제야 시선을 거두며 르웰린에게 서류 몇 장을 건네주었다.

"일단 현재 왕위 계승권을 가진 사람은 장남 빅토르 왕세자와 차남 루이스 왕자, 그리고 막내인 리에타 왕녀. 거기에 미들턴 공작까지 총 네 명이야."

르웰린이 서류를 받아든 것을 확인한 아렌트가 말을 이었다.

"그리고 왕비 전하와 2왕자, 막내 왕녀의 모친인 귀비 비올레타 님이 있지. 당장 손에 꼽을 수 있는 용의자는 이 사람들인데……. 일단 왕세자 저하와 미들턴 공작은 제외해 두자."

"……야, 잠깐만."

서류에 시선을 주던 르웰린이 놀라 고개를 들었다.

"왕비 전하도 용의자 중 한 명이야? 그분은 왜? 전하께서 돌아가셔도 딱히 이득 보실 게 없잖아."

"뭐어, 겉보기에는 그렇지만. 아무래도 두 분 금슬이 썩 좋지만은 않았던 모양이라."

아렌트는 무심결에 몇 번 목덜미를 긁적이다 손을 뗐다.

"엄청난 악의가 느껴지지 않냐? 죽지도 살지도 못한 채로 판단력마저 서서히 잃어 가며 썩어 가게 만든 점에서."

"……."

르웰린은 할 말을 잃어버리고 말았다.

언제나 그렇듯 무심한 아렌트의 어조에서, 가슴을 섬뜩하게 만드는 냉기가 느껴진 탓이었다.

5장. 감추고 싶은 게 있다면

감추고 싶은 게 있다면

"진짜 괜찮겠나?"

리히트의 걱정스러운 물음이었다.

하지만 아서는 거기에 선뜻 답을 내어 주지 못했다. 스스로도 썩 확신이 서지 않았던 탓이었다.

"……뭐어, 어떻게든 되지 않겠습니까?"

잠깐 뜸을 들이던 아서가 떨떠름하게 대답했다. 덕분에 리히트와 글렌은 더욱 근심이 깊어질 뿐이었다.

글렌이 꺼림칙하게 중얼거렸다.

"새삼 깨달았습니다만, 황태자 전하께서 아렌트를 가까이하시는 이유도 슬슬 이해가 간다고 해야 하나……."

"그걸 이제야 눈치채셨습니까? 예전부터 아렌트랑 제법 죽이 잘 맞으셨습니다."

아서가 질린 목소리로 대답해 주었다.

본인이 사고를 쳐놓곤 뒷감당을 떠넘긴 아렌트나, 주저하는 척하다가도 냉큼 명령을 내린 황태자나 거기서 거기였다.

아렌트의 제안을 들은 순간 재밌겠다며 눈을 반짝였을 황태자의 모습이 눈앞에 선했다.

"그나저나 뭐 어쩌려고? 일단 네 말대로 황궁 밖에 나오긴 했는데……."

잠자코 뒤를 따르던 글렌이 조심스럽게 물었다.

명령을 하달받은 즉시, 아서는 리히트, 글렌과 함께 황궁 바깥으로 나왔다.

게다가 아서는 두 선배에게 제복이 아닌 사복을 입어 달라 부탁하고, 자신은 얼굴을 망토에 달린 후드로 가린 상태였다.

리히트 역시 그 점이 의아했다.

"게다가 이런 차림이라면 외부에서 소란을 피워도 크게 의미가 없을 것 같다만. 아렌트가 황궁에 있다는 걸 내보여야 하는 것 아니었나?"

일단은 아서에게 모든 걸 맡겼으니 잠자코 따를 수밖에 없었지만, 리히트와 글렌은 여전히 그가 무슨 생각인지 감조차 잡지 못한 상태였다.

"리히트 선배님 말씀도 맞습니다만, 전 도무지 황궁 안에서 난동을 부릴 정도로 간이 크지는 못해서요."

아렌트의 모습을 한 아서가 내키지 않는다는 얼굴로 대답했다.

"황궁 가운데에서 귀족들에게 안하무인으로 구는 건 그 미친 새끼한테나 가능한 일이니까요. 괜히 어설프게 흉내 냈다간 나중에 녀석이 복귀했을 때 무슨 부작용이 생길지도 모르니, 일단은 선택지에서 제외했습니다."

거기까지 말한 아서가 인상을 찌푸리며 덧붙였다.

"그리고 결국 중요한 건 아렌트지, 3기사단의 견습 기사 놈이 아니거든요."

"그건 또 무슨 뜻이지?"

리히트가 묻자 아서가 말했다.

"아실지 모르겠지만……. 그 녀석, 견습 기사라는 신분을 떼고서도 제법 유명합니다. 그리고 이왕이면 건드려도 뒤탈 없는 상대를 희생양으로 삼는 게 좋죠."

여전히 알듯 말듯 알쏭달쏭한 말이었다.

서로 시선을 나눈 리히트와 글렌은 그냥 입을 다물었다. 어차피 더 캐물어봤자 의미 없다는 판단이 선 것이다.

마치 먹잇감을 물색하는 것처럼, 아서는 천천히 번화가를 산책하듯 몇 번 돌았다.

귀족가 출신인 리히트는 물론이고 글렌도 거의 드나들지 않는 곳 역시 빼놓지 않았다.

그리고 어느 낡은 술집 앞에서, 아서는 드디어 걸음을

멈췄다.

"……찾았다."

"뭘?"

글렌은 아서의 시선이 닿은 곳으로 고개를 돌렸다.

거기에는 식당 바깥에 내어놓은 테이블에 불량한 자세로 걸터앉은 왈패들이 있었다.

테이블 가운데에 금화 몇 개와 카드가 있는 것을 보아하니, 대낮부터 목구멍에 술을 들이부으며 간단한 도박이라도 하는 것 같았다.

같은 것을 발견한 리히트가 어처구니없이 중얼거렸다.

"해가 중천에 뜬 시간부터 한심하군."

"저런 놈들은 대부분 밤에 일하니까요. 어디 보자……."

그렇게 대꾸하며 아서는 주변을 둘러보았다. 너무 으슥하지도 않고, 유동인구도 제법 있는 자리였다. 행인 몇몇은 왈패들을 보며 슬슬 피해서 지나가기도 했다.

목격자도 제법 있고 희생양도 준비되었으니, 이 정도면 딱 좋은 조건이었다.

판단을 내린 순간, 아서는 망설이지 않고 훌렁 후드를 벗었다.

햇살 아래에서 은발이 유독 도드라지게 반짝이고, 아서에게는 그다지 어울리지 않는 아렌트의 얼굴이 고스란히 드러났다.

어쩐지 불길한 예감이 들어, 글렌이 꺼림칙하게 물었다.
"야, 뭘 어쩌려고?"
"선배들은 적당히 지켜보시다가 끼어들어요."
"뭐?"
아서의 말에 리히트가 얼빠진 소리를 냈다.
하지만 아서는 더 이상 설명하지 않고 성큼성큼, 왈패들이 차지한 테이블 쪽으로 다가가기 시작했다.
두 사람은 조마조마하게 뒷모습을 지켜보았다.
왈패들이 불청객의 접근을 알아차린 것과 거의 동시에,
콰아앙!
아서가 그들 근처에 있던 의자를 발로 걷어찼다.
놀란 사람들의 이목이 그쪽으로 집중되자, 뒤이어 아렌트다운 대사가 자연스레 흘러나왔다.
"이야, 제법 용감해졌어?"
지켜보던 글렌과 리히트는 아연실색하고 말았다.
비스듬히 기울어진 자세에 허리에 짚은 한쪽 손, 삐딱한 눈빛과 차가운 무표정…….
"어지간하면 눈에 띄지 말라고, 내가 전에 분명히 좋은 말로 충고하지 않았던가?"
그리고 오만함과 시비조를 듬뿍 얹은 어조까지 완벽했다.

인정할 수밖에 없었다.

지금의 아서는 아렌트 폰 에크하르트 그 자체였다.

한순간 얼빠진 표정을 짓던 왈패들이 사색이 되어 벌떡 자리에서 일어났다.

"형, 형님 아니십니까! 이, 이 시간에, 여, 여기까지는 어쩐 일, 콜록, 어쩐 일로……."

우두머리로 보이는 자가 사레까지 들려 가며 굽실굽실 허리를 숙였지만 아서는 가차 없었다.

아렌트……가 아닌 아서가 고개를 비스듬히 꺾으며 툭 내뱉었다.

"어쩐 일이냐고? 네까짓 것들한테 내 행보까지 하나하나 보고를 해야 하나?"

"아, 아닙니다! 그럴 리가요! 실언했습니다!"

아렌트의 덩치 세 배쯤은 되어 보이는 남자가 뻣뻣이 서서 외치는 모습이 우습지도 않았다.

그 꼴을 망연히 지켜보던 글렌이 어처구니없이 중얼거렸다.

"이 새끼들은 도대체 무슨 짓을 하고 다니는 거야……."

뭘 어쩌면 하면 황실 기사단 소속이면서 왈패들에게 형님이라고 불릴 수 있는지.

글렌과 리히트로서는 전혀 감도 잡히지 않았다.

그때, 지나가던 사람들이 수군대는 목소리가 들려왔다.

"저런, 아렌트 경이시군. 임자 만났네."

"며칠 전부터 저기 죽치고 있더니. 꼴 좋다."

그제야 두 사람은 아까 아서가 한 말을 이해할 수 있었다.

사람들에겐 저 모습이 그리 낯설지 않은 것이다.

"그나저나 질문에 대답 안 해? 내 눈에 띄지 말라고 했잖아. 그런데 간 크게 대낮부터 떡하니 자리를 차지하고서……."

황금색 눈동자가 테이블에 벌어진 도박판에 닿았다가 다시 왈패 무리의 우두머리에게 닿았다.

아서는 예고 없이 손을 쑥 뻗어 그가 입에 물고 있던 시가를 빼앗아 바닥에 던져 버렸다.

"수상한 연기나 뻑뻑 피워댄단 말이지."

"……."

"슬슬 사는 게 재미없어졌나? 아니면 나랑 또 진하게 대화를 나누고 싶어진 모양이지?"

"그럴, 그럴 리가요, 형님! 절대로 아닙니다."

우두머리의 이마에 송골송골 식은땀이 맺히기 시작했다.

때마침 갑작스러운 소동에 안쪽에 있던 패거리 역시 슬금슬금 밖으로 나오기 시작했다.

그들을 본 아서가 피식 비웃음을 터뜨렸다.

"얼씨구? 못 보던 똘마니들이 늘었네. 딱 좋군."

"형님, 그 애새끼는 뭡니까?"

말이 끝나기가 무섭게, 안쪽에서 얼굴에 흉터가 빼곡한 사내가 성큼성큼 걸어 나왔다. 그러자 우두머리의 얼굴이 새파랗게 질렸다.

"미, 미친 새끼야! 당장 들어가!"

"꼴을 보아하니 어디 귀족가 도련님이신 모양인데……. 어딜 건방지게 우리 형님 앞에서 대가리를 빳빳이 쳐들고 있지?"

하지만 대장의 절규는 미처 그들에게 닿지 않는 것 같았다.

그들을 한 번 훑어본 아서가 비웃음을 터뜨렸다.

"주제 파악이 안 된 걸 보아하니 이쪽으로 온 지 얼마 안 된 모양이야? 야, 지난번에도 느꼈지만, 너도 참 사람 보는 눈 없네."

꾸욱. 아서의 손가락이 우두머리의 근육질 어깨를 눌렀다.

"꼴에 자존심 부린다고 새로운 애새끼들한테는 아무 말도 안 했나 봐? 네 똘마니들 3분의 2가 나한테 처맞고 개과천선했다고."

"……"

"한때 네 부하였다는 것들도 마음을 고쳐먹는데. 너는 왜 개선의 여지가 없어? 머리가 나빠서 그런가."

아서는 계속해서 꾹, 꾸욱 우두머리의 어깨를 손가락으

로 찔러 댔다.

험상궂은 얼굴이 모멸감 때문에 점차 시뻘겋게 달아오르기 시작했다.

"정직하게 벌어서 정직하게 쓰라고. 대가리가 안 돌아가면 그 근육 덩어리 몸이라도 잘 활용해야 할 거 아냐, 이 멍청한 놈아."

"……."

이제 리히트와 글렌의 시선은 허공을 헤매고 있었다.

소동이 길어지자 슬슬 주변에 구경꾼들이 모여들고 있었다.

바깥을 슬쩍 내다본 술집 주인은 아렌트의 얼굴을 확인하고는 조용히 안으로 들어가 버렸다.

이쯤 되니 아서가 문제인지 아렌트가 문제인지도 잘 모를 지경이었다.

하지만 아서는 멈추지 않았다.

"나쁜 짓도 똑똑한 사람이나 하는 거지. 너같이 뇌까지 근육으로 가득 찬 놈은 착하게라도 살아야 이런 봉변도 안 당한다고. 사람이 충고를 하면 귀담아들어야 할 거 아냐."

"……이……."

드디어 속이 긁힌 우두머리의 눈에 살기가 드리우기 시작했다. 다른 부하들 역시 슬슬 부아가 치미는지 주먹을 부들부들 떨기 시작했다.

감추고 싶은 게 있다면 〈233〉

리히트가 망연히 중얼거렸다.

"확실히 소동은 소동이군. 뒤탈도 안 남고, 아렌트답고."

"선배님, 진짜 진지하게 말씀드리는 건데……. 저 녀석, 아렌트랑 떨어뜨려 놔야 하는 거 아닙니까? 저런 놈이 아니었던 것 같습니다만."

글렌 역시 아득하게 읊조렸다.

그러거나 말거나, 아서는 그야말로 '아렌트다운' 비웃음을 머금은 채 우두머리를 삐딱하게 올려다보았다.

"그 불손한 낯짝은 뭐지? 상당히 건방진걸. 그러다 한 대 치겠다?"

"이……."

결국, 참다 못한 우두머리가 테이블 위의 술병을 그러쥐었다.

"보자 보자 하니까, 이 빌어 처먹을 애새끼가!"

놈은 아서의 머리를 향해 술병을 내려쳤지만, 쨍그랑! 그 한 방은 애꿎은 부하의 머리통에 직격하고 말았다.

"끄윽……."

졸지에 아서의 방어막 꼴이 된 왈패 하나가 거품을 물고 기절했다.

아서는 놈을 아무렇게나 던져버린 뒤 손을 툭툭 털었다.

"이게 겁대가리를 상실했나. 누구 앞에서 손을 들어?"

"꼴을 보니 혼자 왔나 본데, 오늘이야말로 본때를 보여 주마."

왈패 대장이 흉악한 근육을 들이밀며 아서에게 바짝 다가섰다.

눈치를 보던 다른 부하들 역시 하나둘씩 저마다 도끼, 낫, 검 따위의 무기를 꺼내 들기 시작했다.

구경꾼들 사이에서 탄식이 흘러나왔다.

"평소보다 머릿수가 많은데?"

"누가 치안대 좀 불러와. 저러다 오늘 시체 치우겠네."

"시체라니, 아무리 많아도 아렌트 경이 당하실 리가……."

"아렌트 경 시체겠냐고. 저 얼간이들 시체지."

그 말에 모두가 납득한 것 같았다. 불행하게도 목소리가 좀 컸던지, 왈패 대장의 얼굴이 붉으락푸르락 달아올랐다.

"저 애새끼 잡아 죽여 버려!"

"예!"

억울함과 분함을 눌러 담은 고함에 일당 전원이 우렁차게 외쳤다.

리히트가 아연한 탄성을 터뜨렸다.

"진짜 환장하겠군."

놈들이 일제히 아서에게 쏟아지기 시작했다.

결국 글렌과 리히트 역시 어쩔 수 없이 참전할 수밖에

없었다.

그 날.

아서와 리히트, 글렌은 일당 40여 명을 두들겨 패고 술집 테이블 11개, 의자 32개를 박살 냈다.

뒤늦게 도착한 치안대가 처참한 꼴이 된 일당을 보고서 기사들을 가해자로 지목한 건, 미처 아서도 예상치 못한 일이었다.

황태자가 농담 반 진담 반으로 내린 명령은, 황실 기사단 소속의 기사가 불량배들과 나란히 치안대에 동행한다는 역대급 사태와 함께 막을 내렸다.

* * *

"……엣취!"

아렌트가 짧은 재채기를 터뜨렸다. 그러자 생각에 골몰하던 르웰린이 놀라 고개를 들었다.

"뭐야, 왜 그래? 출발하기 전까지 몸 상태 안 좋다더니, 감기라도 걸렸냐?"

"그럴 리가 있겠어? 쯧. 누가 너처럼 약골인 줄 아나."

그를 슬쩍 흘겨보며 핀잔을 준 아렌트가 콧잔등을 쓸었다.

"누가 내 욕이라도 하나 보지."

물론 아렌트는 상상도 못 할 일이었다.

졸지에 희생양이 되어 버린 거리의 불량배 놈들이 철창 안에서 그를 엄청나게 씹어대고 있을 거라고는.

그리고 라이오스가 거한 사고를 친 부하들 앞에서 쓰린 속만 부여잡고 있다는 것 역시, 아렌트는 알 수 없는 일이었다.

그런 아렌트를 한 번 흘겨본 르웰린이 화제를 돌렸다.

"그나저나……. 왕가의 부부가 금슬이 좋지 않은 건 딱히 드문 일은 아냐. 애초에 혼인 자체를 정치적 수단으로 이용하는 경우가 허다하니까."

"에버란 왕국 쪽은 어떤데?"

아렌트의 질문에 르웰린이 애매한 표정을 지었다.

"아주 불꽃 같은 사랑을 하셨지……. 전하께서 어머님이 아니면 절대로 혼인하지 않겠다고 귀족들 앞에서 드러누우셨다던데."

"네 별종 같은 기질이 어디서 왔나 했더니."

"시끄러."

르웰린이 눈을 뾰족하게 떴지만, 아렌트는 익숙하게 무시해 버렸다.

"어쨌든, 흔한 일이라고 해도 모두가 아무렇지도 않게 받아들일 수는 없는 거지. 시간 없으니까 짧게 설명한다."

대신 해가 완전히 가라앉은 창밖을 보며 말을 계속 이어 갈 뿐이었다.

감추고 싶은 게 있다면 〈237〉

"이건 루카인 왕국 귀족들 사이에서는 상당히 유명한 이야기인데. 왕비 전하는 왕실에 드는 것을 썩 내켜 하지 않으셨다더군."

"왜? 다른 연인이라도 있으셨던 건가?"

"아니. 그것보다 좀 더 유감스러운 일이라고 해야 하나."

아렌트는 몇 개 안 남은 과자를 집어 입에 쏙 넣었다.

"……왕비가 되지 않았더라면 가문 소유의 상단을 이어받게 되었을 거거든. 소싯적에 경영에 엄청난 능력을 보이셨대. 본인도 그것을 상당히 기대하고 계셨고."

뜻밖의 이야기에 르웰린이 눈을 깜빡였다.

"그러셨구나……."

"이곳저곳 여행 다니시는 것도 즐겼고, 귀족으로서는 상당히 드물게도 직접 행상을 떠나서 계약을 성사시킨 적도 여러 번이라던데? 한 마디로 너랑 비슷한 사람이었다는 거지."

그러니 왕궁 한가운데에서 곱게 보호받는 왕비라는 자리가 마음에 들었을 리 없었다.

"하지만 아까 네가 말한 대로, 그런 정치적 사정 때문에 결국 전하와 혼인하게 되셨고. 무사히 적통 후계자인 빅토르 왕세자 저하께서 탄생하셨지만……."

"그 뒤로도 두 분의 관계는 썩 좋아지지 않았다는 거지?"

르웰린이 살짝 눈썹을 찌푸렸다.

왕과 왕비의 사이가 그닥 좋지 않았다는 건 귀비 비올레타에게서 태어난 루이스 왕자와 리에타 왕녀가 증명하고 있었다.

"그렇지. 두 분 사이가 좀처럼 개선될 기미가 보이지 않으니, 전하를 가까이에서 모시던 사람들이 후궁을 들일 것을 추천했다더라. 그리고 마침 또 그 정치적인 이해관계가 맞는 집안에서 훌륭한 영애가 한 분 계셨고……."

"그게 비올레타 님이라고?"

"맞아."

아렌트가 간단히 고개를 끄덕여 주었다.

"그쪽도 감정적인 교류는 그다지 없으셨지. 애초에 전하께서 그리 살가운 성격은 아니라고 하시니까. 빅토르 저하께서 그렇게 물러 터진 성격으로 성장하신 것도 사실 이상한 일은 아니야."

"그러니까…… 전하께서 엄하게 가르치셔서?"

잠깐 생각하던 르웰린이 답하자 아렌트가 대답했다.

"엄하게 가르친 건 교사였을 테고. 아마 전하와 왕비께서는 딱히 육아에는 관심이 없으셨을 거야. 물론 부족한 것 없는 환경에 있으니, 저하께는 그리 크게 문제 될 일은 아니셨겠지만. 어쨌든 두 분은 왕세자 저하를 그저 후계 정도로 인식하셨을 테지."

"……그건 충분히 문제 될 일이야, 이 자식아."

르웰린이 어처구니없이 지적하자 아렌트가 시큰둥하게 대꾸했다.

"굶을 일 없고, 배울 거 다 배우고, 루카인 왕국에서 제일 귀하게 성장했을 텐데 뭐가 불만이야?"

"본인이 부친이랑 사이 안 좋다고 막 나가네. 야, 너도 굶을 일도 없었을 테고, 배울 것도 다 배웠을 텐데 무슨 소릴 지껄이는 거야?"

"나 아버지 같은 거 없는데. 그리고 지하 감옥에 갇혀서 쥐랑 같이 말라비틀어진 빵 뜯어 본 적 없으면 그냥 입 다물고 있어, 왕자님."

뻔뻔하게 말한 아렌트가 다시 화제를 원래대로 돌렸다.

"어쨌든, 비올레타 님은 이해관계에 충실한 분이시고. 그렇다고 해서 필요 이상의 욕심을 부리시는 분도 아니라……. 루이스 왕자를 출산하셨을 때도 평화로웠대."

"평화로웠다는 그 말이, 비올레타 님께서는 자신의 자식이 왕세자 자리에 오르는 걸 딱히 바라지 않으셨단 말이지?"

"맞아. 그게 진심이었을지 아닌지는 본인만 알겠지만……."

아렌트는 또 과자를 집어 먹었다.

"그 뒤에 보인 행보도 그랬지. 빅토르 저하께서 왕세자로 책봉 받으실 때 비올레타 님의 가문에서 적극적으로

지지했다고 하니까."

"루이스 왕자는 딱히 반대 안 했대?"

"반대하고 자시고, 그때는 아직 머리에 피도 안 마른 꼬맹이셨다더라. 빅토르 저하께서 12세에 책봉 받으셨는데, 그때 루이스 왕자가 5세였다고 했던가."

잠깐 생각하던 르웰린이 말했다.

"빅토르 형님이 올해로 스물여섯 되시니까……. 루이스 왕자는 곧 성년이 되는 나이인가."

"맞아. 그리고 아래의 리에타 왕녀는 그보다 또 두 살 적다고 했던가."

아렌트의 답에 르웰린이 인상을 찌푸렸다.

"슬슬 철도 들고, 한창 혈기 왕성할 나이군. 루이스 왕자와 리에타 왕녀가 이제 와서 왕세자 자리를 탐내는 것도 있을 법한 일 아냐?"

"일단 대외적으로는 세 사람이 사이가 상당히 좋다고 하지만, 충분히 그럴 수 있지. 자식이 언제나 모친과 뜻을 같이하라는 법도 없고."

선뜻 고개를 끄덕인 아렌트가 마지막 과자를 손에 집어 들었다. 르웰린이 떨떠름하게 물었다.

"……맛있냐?"

"맛있는데."

아렌트는 손가락 끝에 과자를 매단 채 무심히 말을 이었다.

"하지만 거기에서 아까 한 번 이야기한 문제가 생겨."

"아까 말 한 문제……. 아. 정치적 변동이 거의 없는 거?"

"어어. 그거야 이방인인 우리가 하루 이틀 관찰한다고 해서 쉽게 파악할 수 있는 게 아니겠지만. 그 부분에서 변화가 있었다면 빅토르 저하께서 먼저 눈치채셨을걸."

하지만 빅토르는 자신의 숙부에게만 잔뜩 날을 세운 상태였다.

루이스 왕자와 리에타 왕녀에게서는 별다른 이변을 느끼지 못했다는 의미였다.

"그 사람이 얼마나 얼빵하든……."

"야, 야. 그래도 왕세자 저하야, 이 자식아."

"설마 가까이 지내는 동생들이 권력을 탐내는 것도 눈치 못 챌 정도로 멍청하진 않을 거란 말이지. 소심하고 유순한 거야 사실이지만."

르웰린이 잡음을 넣었지만, 아렌트는 아무렇지도 않게 말을 이었다.

적어도 칸타레스는 그를 제법 높이 평가했고, 아렌트는 그의 안목을 꽤 신뢰하는 편이었다.

그리고 지난 회담 때 벌어졌던 소동에 대한 대처도 썩 나쁜 편은 아니었고.

"그렇다면 결국 뭐야? 루이스 왕자와 리에타 왕녀는 용의선상에서 제외되는 건가?"

르웰린이 아리송한 얼굴로 물었다.

"결국 네 말대로라면, 전하를 해칠 만한 동기가 있는 사람은 왕비님뿐이잖아."

"그렇게 속단하기는 좀 일러."

들고 있던 과자를 입에 던져 넣은 아렌트가 말을 이었다.

"……전하를 모시는 시종 중에 비올레타 님 쪽 사람이 제법 있더라고."

"그래?"

왕자의 눈이 휘둥그레졌다. 아렌트는 간단히 고개를 끄덕여 주었다.

"비올레타 님 쪽 본가에서 꽤 먼 친척이나, 아니면 사업적으로 엮인 집안의 자제……. 이런 식으로."

칼리온 제국도 그렇지만, 왕궁 안에서 일하는 시종이나 심부름꾼들은 하급 귀족 출신이 대부분이었다.

고귀한 왕실 핏줄을 가장 가까이에서 모셔야 하니, 평민의 손에 맡길 수 없다는 신분제 사회 특유의 통념 때문이었다.

"그리고 지금은 휴가를 떠난 보좌관은 왕비 전하의 친정에서 추천한 인물이고, 시종장은 비올레타 님이 후궁으로 들어오실 때 본가에서부터 동행해 온 사람이래."

"이야……. 그 말인즉, 누구든 무슨 짓을 저지를 수 있는 환경이라는 거네. 왕비 전하든, 비올레타 님이든 은폐 공작을 벌이는 것도 충분히 가능하잖아."

감추고 싶은 게 있다면 〈243〉

르웰린이 짜증스럽게 앞머리를 긁적였다.

"쓰읍, 이거 진짜 머리 아프네. 여기저기 헤집고 다닐 수도 없고. 전하를 저 꼴로 만든 흉수(凶手)는 흔적도 없이 사라져 버렸으니……. 게다가 렉시온 님은 왜 이렇게 안 오시는 거야?"

"글쎄. 아까도 말했지만, 뭔가 심상찮은 거라도 찾아내신 거 아닐까."

아렌트가 태연하게 대꾸했다.

"당장 큰일이 터지면 스텔을 이쪽으로 보내실 테니 너무 신경 쓰지 마."

"신경 안 쓰게 생겼냐고. 당장 터지지 않아도 뭔가 벌어지고 있는 건 확실한데. 넌 도대체 왜 그렇게 태연한 거야?"

힐난 섞인 말에 아렌트가 어깨를 으쓱였다.

"지금은 소란 피울 때가 아니니까."

모든 건 다 적절한 시점이 있다는 말이었다.

각자에게 맞는 역할과 자리가 있듯이.

그 속뜻을 어렵잖게 읽어낸 르웰린이 그에게 곱지 않은 시선을 보냈다.

"하여튼 인간미 없는 자식."

"칭찬 감사. 어쨌든, 다시 원점으로 돌아가서. 결국 전하께서 저 꼴이 되신 원인……. 지금 제일 큰 단서가 될 만한 건 이거지."

"칭찬 아니거든."

뾰족하게 대꾸한 르웰린이 한숨을 푹 내쉬었다.

"뭐 그럴듯한 거라도 생각났냐?"

"머릿속에 그려지는 그림은 여러 가지긴 한데. 최악이 있고, 차악이 있고, 그나마 제일 나은 이야기가 있어."

"그중 제일 가능성이 높은 건?"

"지금까지의 경험상, 최악의 경우가 제일 정답일 확률이 높겠지."

이번에도 시큰둥한 어조가 돌아왔다. 마치 남 일을 말하는 것 같았다.

덕분에 르웰린은 살짝 짜증이 치솟고 말았다.

"그러니까 그게 뭐냐고!"

"아직 확답할 수 있는 단계는 아니라, 뭐라 자세히는 말 못 하겠지만."

잠깐 뜸을 들이던 아렌트가 살며시 인상을 찌푸렸다.

"만약 감추고 싶은 게 있다면, 넌 어떻게 할래?"

상당히 뜬금없는 질문이었다. 르웰린은 의아한 표정을 하면서도 순순히 답했다.

"뭐……. 꽁꽁 숨겨 놓겠지?"

"그걸로도 모자란다면? 아니지, 애초에 그런 식으로 숨길 수 없는 거라면?"

르웰린은 더더욱 이해할 수 없어졌다. 다행히도 아렌트는 딱히 정답을 바란 게 아닌 것 같았다.

그가 담백하게 덧붙였다.

"아예 그쪽은 쳐다도 보지 못하도록, 엉뚱한 방향으로 시선을 돌려 버리는 것도 한 방법이거든."

하지만 그 한 마디에 숨은 의미는, 그리 단순하지만은 않았다.

* * *

방 안에 스산한 정적이 감돌았다.

아니, 스산하다고 생각한 건 르웰린 뿐인 것 같았다. 아렌트는 아무렇지도 않게 다음 서류를 뒤적이고 있을 뿐이었으니까.

결국 답답함을 이기지 못한 르웰린이 더듬더듬 운을 뗐다.

"야……. 그 말은, 전하께서 구울이 되신 게……."

"다른 뭔가를 숨기려고 한 걸지도 몰라. 국왕이 저렇게 처참한 꼴이 되었다고 하면 당연히 나라가 뒤집어질 테니까."

아렌트가 시큰둥하게 대답했다. 하지만 미들턴 공작이 딱 좋은 시점에 끼어들었고, 그가 정보를 차단한 탓에 아직 소동은 일어나지 않았다.

"미들턴 공작의 판단이 영 틀리지만은 않았을지도 몰라. 그리고 왕세자 저하께서 취하신 행동도 썩 잘못된 건 아니야. 결과적으로는 루카인 왕국 내부가 혼란에 빠지기 전 외부로 도움을 청할 수 있었으니까."

아렌트는 턱을 괴며 말을 이었다.

"관련이 있을지는 모르겠는데, 최근 항간에서 꽤 화제가 된 게 있거든?"

갑작스러운 화제 전환에 르웰린이 얼떨떨한 표정을 하면서도 물었다.

"뭔데?"

"민간인 실종 사건이 묘하게 늘었다는 거. 정보상 쪽에 사람을 찾아 달라는 의뢰가 전부터 꾸준히 증가하고 있는데……."

아렌트는 르웰린에게 통계가 적힌 종이를 한 장 건네주었다.

얼마 지나지 않아 그는 아렌트가 무슨 말을 하는지 알 수 있었다.

"의뢰가……. 루카인 왕국 쪽에서 유독 많네?"

"정식 실종 신고로 접수된 건 몇 건 안 되지만, 그렇다고 해서 무시할 만한 수치는 아냐. 칼리온 제국 안에서도 비슷한 보고가 올라온 적 있는데……."

상황을 주시하던 노이만이 아렌트에게 따로 보고서를 올려 준 거였다.

"일단 나는 황태자 전하께 바로 알려드리긴 했지만, 루카인 왕국의 왕실은 아직 파악하지 못한 눈치더라고."

"……신고를 안 한 이유는 뭐야?"

"확실한 증거는 없지만 추측할 수 있는 부분은 있어."

르웰린의 질문에 아렌트가 눈동자를 데굴데굴 굴렸다.

"황태자 전하랑 나는 그게 체르니온 교단이랑 얽힌 일이라는 가능성을 염두에 두고 있었거든."

"……"

"이변은 의외로 왕궁 내가 아닌 외부에서 일어나고 있었던 거야. 이런저런 걸 억지로 끼워 맞춰 보면 어쩔 수 없이 최악의 상황을 그릴 수밖에 없단 말이지."

그저 시큰둥하기만 하던 어조는 이제 약간의 언짢음을 담고 있었다. 아렌트의 시선이 르웰린에게 닿았다.

"네 생각은 어때? 내가 과한 상상을 하는 건가?"

"……아니."

잠깐 입을 다물고 있던 르웰린이 느릿느릿, 자기 자신을 설득시키듯 말을 이었다.

"정리하자면 이런 거지? 사람들이 실종자를 신고하지 못한 건, 그들이 체르니온 교단과 엮였다는 징후를 찾은 탓이고……."

혹여나 발각된다면 반역죄에 준한 벌을 받게 될 테니까. 르웰린은 마른침을 한 번 삼켰다.

"전하께서 그 꼴이 되신 건 밖에서 일어나는 실종 사건을 감추기 위해서다. 그리고 그 원흉은 아직 왕궁 내부에 있고, 왕실 사람일 가능성이 높다……. 맞냐?"

"굳이 권력을 탐하거나 반란을 노리는 게 아니라도, 전하를 해할 수 있을 정도로 가까이 접근할 수 있는 건 왕실 사람들뿐이니까."

아렌트가 어깨를 으쓱했다.

"이렇게 되면, 우리가 용의자로 꼽은 그분들 중 누군가가 체르니온 교에 투신했을 가능성이 커져. 동조하는 사람도 한둘이 아닐 거야."

"……."

차마 아무런 말도 하지 못하고, 르웰린은 시선을 아래로 내리깔았다. 아렌트의 말이 천천히 이어졌다.

"그리고 렉시온 님이 아직 돌아오시지 않는 걸로 봐서, 실종쯤이야 귀여울 정도로 엄청난 일이 외부에서 벌어지는 중이라고 생각해도 되겠지. 그야말로 국왕이 구울이 되는 사건 정도가 아니면 차마 덮을 수도 없는 일이 준비되고 있었던 거 아닐까?"

"……."

"하지만 미들턴 공작이 국왕을 감춰 버리는 바람에 시기가 좀 밀려 버린 거고."

아렌트의 목소리는 여전히 차분하기만 했다.

"그리고 내가 로저 놈을 사칭하면서 미들턴 공작을 습격했잖아. 딱히 노린 건 아니지만, 그것도 왕실 안에 숨은 체르니온 교단 일당을 주춤하게 만들었겠지."

체르니온의 신성력이 느껴지지 않는다는 렉시온의 말

로 미뤄 짐작컨데, 아직 왕실 사람들은 성녀의 세례……. 즉, 므네모시네의 숨결에 당하지 않은 상태일 터였다.

'어쩌면 단순히 렉시온 님의 눈을 피하기 위해서 세례를 미룬 걸지도 모르겠지만.'

그렇다면 루카인 왕국에서의 지위는 둘째 치고, 교단 내부에서는 아직 신뢰받지 못하는 입장일지도 몰랐다.

자신이 로저라 밝히며 쳐들어온 게 진짜 체르니온 교의 일원인지 사칭범인지, 그들로서는 당장 확신하지 못할 터였다.

통신 한 번이면 쉽게 알아낼 수 있는 일이라도, 거기에 악신교도 순순히 답해 줄 수는 없을 것이다.

로저를 사칭한 자가 누구인지 파악할 수 없을 테니.

'아렌트 폰 에크하르트는 황궁에 있는 것으로 되어 있으니까…….'

아서에게 잠시 위탁한 '아렌트'라는 역할이 그쪽 무대에서 잘 수행됐다면, 놈들을 잠깐 정도 헷갈리게 만드는 건 성공했을 테고.

혹시라도 로저를 사칭한 게 렉시온일 가능성이 있는 이상, 놈들도 섣불리 움직이지는 못할 것이다.

'문제는 그놈들이 왕실 어디까지 침투했는지 알 수 없다는 건데…….'

분명 왕실 내에서 체르니온 교의 수장이 되는 한 사람과, 그를 따르는 신자들이 있을 것이다.

체르니온이 악으로 설정된 무대 위에서, 그들은 결코 자신의 신앙을 드러내지 않고 은밀히 숨을 죽이고 있을 터였다.

이 세상의 빛과 어둠으로서 어디에든 존재하는 두 신들처럼, 적들은 객체보다는 교단의 일원으로서 숨죽이고 있겠지.

마치 공기나 그림자라도 된 것처럼 존재감을 숨긴 그들의 손에, 이 나라의 국왕은 어둠의 신을 위한 공물이 되었다.

"야, 야."

그때, 르웰린의 목소리가 그의 의식을 상념에서 깨웠다. 불현듯 고개를 든 아렌트는, 르웰린이 자신을 의아하게 쳐다보고 있다는 사실을 깨달았다.

"뭐야, 왜 그렇게 보는데?"

"아니. 그……."

잠깐 우물거리던 르웰린이 물었다.

"간지럽기라도 해?"

"뭐? 아."

그제야 아렌트는 무심결에 목을 긁적이고 있다는 사실을 알아차렸다. 아렌트가 손을 치우자 르웰린이 눈을 크게 떴다.

"엄청 빨개졌는데? 상처라도 난 거 아냐?"

"이런 걸로 상처가 나겠냐? 벌레라도 있었나 보지."

자연스럽게 투덜대니 르웰린 역시 썩 이상하게 여기지는 않는 것 같았다.

더 이상 생각하는 것은 썩 바람직하지 못하다는 판단에, 아렌트는 다시 화제를 돌렸다.

"어쨌든 잠깐 쉬어 둬. 조만간 무슨 일이 터질지도 알 수 없으니까."

"뭐어, 그래야지. 이런 상황에서 태평하게 체력 비축이나 할 수 있을지 모르겠다만……."

말끝을 흐리던 르웰린이 눈살을 찌푸렸다.

"너도 잠깐이라도 쉬지? 계속 움직이고 있잖아."

"유감스럽게도 난 아직 할 일이 있거든."

아렌트가 어깨를 으쓱였다.

말을 순순히 듣는다면 그건 아렌트 폰 에크하르트가 아니었다. 지금은 시종 렌의 배역을 수행 중이지만.

"아니, 또 뭘 하려고……."

"기회가 있으니 최대한 많이 활개 치고 다녀야지. 괜찮아, 설마 왕세자 저하께서 이제 와서 꾸지람하시겠어?

어처구니없이 중얼대던 르웰린이 입을 다물었다.

아렌트에게 밤새도록 구박받고, 처참한 꼴이 된 국왕을 목격한 충격으로 더욱 심약해진 빅토르였다.

아렌트와 눈을 마주치는 것도 꺼리게 되었으니, 그가 뭘 하든 이제 와서 꾸지람한다는 것은 엄두도 내지 못할 터였다.

즉, 저 망나니 놈의 손에 무슨 사고를 치더라도 괜찮다는 면죄부가 쥐여진 셈이었다.

"……야, 제발. 진짜 부탁인데 자제 좀 해라. 나 위장에 구멍 뚫릴 것 같아. 라이오스 단장은 이런 새낄 도대체 어떻게 감당하는 거야?"

"그거야 그 사람 사정이고. 내가 말했지? 견디라고. 친구 하자고 매달린 건 내가 아니라 너다."

몸을 일으킨 아렌트는 소파 위에 아무렇게나 던져뒀던 망토를 다시 걸쳤다.

"그러니까 너도 알아서 감당해. 거기까지는 내 알 바 아니지."

"이 망할 새끼, 진짜……."

왕자의 입에서 탄식에 가까운 소리가 흘러나왔지만, 아렌트는 아랑곳하지 않았다.

"네 몸 하나는 네가 알아서 지킬 수 있을 테고. 그래도 잘 거면 문이랑 창문 잘 잠그고 자라. 뭐가 어떻게 될지 모르니까."

"너 돌아올 때까지 안 잘 거니까 그렇게 알아, 이 망할 놈아. 잠깐 기다려."

짜증스레 쏘아붙인 르웰린이 그를 불러 세웠다. 아렌트가 막 돌아보려는 찰나, 뭔가가 휙 그의 눈앞으로 날아들었다.

아렌트는 반사적으로 그것을 집어 들었다.

감추고 싶은 게 있다면 〈253〉

통신용 수정구였다.

"내 통신구에 연결해 두고 움직여. 그래야 나도 상황 파악을 할 거 아냐."

르웰린이 퉁명스럽게 말했다.

아렌트는 마음에 안 든다는 얼굴이었지만, 그렇다고 해서 거절하지는 않았다.

품에 수정구를 넣은 아렌트가 마지막으로 당부했다.

"렉시온 님 오시면 바로 알려 줘."

"알았어. 괜히 들켜서 소동 만들지 말고 조심해서 다니기나 해."

어김없이 날아든 잔소리를 대강 흘려들은 아렌트는 곧장 창문을 열었다.

그리고는 별다른 인사도 없이 훌쩍 2층 아래로 뛰어내려 풀숲 사이로 사라졌다.

* * *

하루 종일 일도 제대로 잡히지 않았다. 처음에는 원망했던 숙부의 판단이 옳았던 것이라 체감한 순간, 지독한 무력감이 몰려들었다.

결국 자신은 일이 이 지경이 될 때까지 아무것도 못 한 것과 마찬가지였다.

심지어는 미들턴 공작이 나설 수밖에 없게 된 이유도

자신의 무능함 때문이라 생각하니, 지금껏 꾹꾹 눌러 담아 왔던 자괴감이 밀려들었다.

"하아……. 아버지……."

소파에 걸터앉은 채 빅토르는 머리를 감싸 쥐고 웅크렸다.

도무지 마음이 진정되지 않았다.

일전에 봤을 때보다 국왕의 상태는 더욱 처참했다.

푸르게 썩어 있던 팔과 다리는 이제 말라 비틀어진 시신의 것처럼 뼈와 가죽밖에 남지 않은 상태였다.

손톱은 죄다 빠져 있었고, 찢어진 살갗 아래로는 말라 비틀어진 혈관이 고스란히 드러난 채였다.

희게 세긴 했지만 풍성했던 머리칼은 거의 다 빠졌고, 눈두덩이도 움푹 파여 있었다.

언제나 단호하게 빛나던 눈동자도 혼탁해진 채였다.

'거기다 짐승처럼 음식을 탐하시던 모습이란…….'

다 썩은 손으로 음식 접시를 붙들고서, 거의 다 썩은 이빨로 게걸스레 식사를 씹던 모습이 뇌리에 박힌 채 사라지지 않았다.

빅토르의 손이 덜덜 떨리기 시작했다.

평생을 경외했던 국왕이 그런 모습으로 침실에 유폐되어 있다는 사실만으로도 미쳐 버릴 것 같았다.

'어떻게 해야 하지?'

나라의 명운이 왕세자인 자신의 손에 달려 있다.

하지만 국왕을 저런 꼴로 만든 배후조차도 알아내지 못한 상황이었다.

덕분에 빅토르는 초조함을 느낄 수밖에 없었다.

'난 이제 어떻게 해야…….'

심지어는 미들턴 공작이 원흉이 아니라는 것조차도 타국의 왕자와 견습 기사의 도움으로 겨우 알아낸 사실이었다.

그때, 똑똑.

불현듯 밖에서 정중한 노크가 들려왔다.

빅토르는 불에 덴 듯 화들짝 놀라 고개를 들었다.

"누, 누구지?"

"형님. 저 루이스입니다."

문밖에서 아직은 조금 앳된 동생의 목소리가 돌아왔다.

그제야 쿵쾅대던 심장이 조금은 차분히 진정되었다.

루이스의 말이 이어졌다.

"오늘 저녁 식사도 거르셨다 들어서요. 걱정되어서 리에타와 함께 찾아뵈었습니다."

"많이 피곤하신 거라면 그냥 물러가겠습니다!"

그 옆에서 조금 더 어린 여동생의 목소리도 들려왔다.

지금은 도무지 저들을 웃는 낯으로 맞이할 자신이 없었다.

그냥 물러나라 말할까 잠깐 고민했지만, 빅토르는 이내

생각을 고쳤다.

'······대화를 하라고 했던가.'

시종의 모습을 한 견습 기사가 맹랑하게 쏘아붙이던 말들이 떠오른 탓이었다.

차라리 미들턴 공작과 머리채를 잡고 한바탕 싸우기라도 했다면 상황은 좀 더 나아졌을지도 모른다는 독한 말이었다.

'분명 맞는 말이지.'

지금 당장 왕궁 내에 믿을 수 있는 사람은 몇 없었다.

그들 중 결백한 자가 누구인지, 우선은 자신의 손으로 확인해 볼 필요가 있었다.

'내가 알아낼 수 있을지는 모르겠지만······.'

빅토르는 천천히 한숨을 내쉬며 얼굴을 쓸어내렸다.

이렇게 된 마당에, 그래도 할 수 있는 데까지는 시도해 봐야 할 터였다.

이 나라의 왕세자는 자신이고, 저 두 사람은 자신이 사랑하는 혈육이었으니까.

그들에 대한 신뢰가 빅토르에게 실낱같은 용기를 불어 넣어 주었다.

"아니야, 괜찮아."

잠시 후. 침착을 가장한 허락의 목소리가 흘러나왔다.

"이왕 여기까지 왔는데 돌려보낸다니 말도 안 되지. 그냥 들어오도록 해."

저들의 결백을 증명하고 싶다면, 자신이 먼저 나서야 할 것이다.

　　　　　＊　＊　＊

꽤 깊은 밤이 된 탓인지, 왕궁은 제법 조용했다.

밤에 일어난 소동 때문인지 전보다도 제법 경계가 삼엄했다. 아렌트는 후드를 더욱 깊이 눌러쓴 뒤 기척을 죽이고 천천히 이동했다.

채 몇 걸음 떼기도 전, 품에 넣어둔 통신구에서 반응이 왔다.

르웰린이었다.

통신을 연결하자, 르웰린이 작은 목소리로 투덜거렸다.

-이게 기사인지 도둑놈인지, 슬슬 헷갈리는데.

"어느 쪽이든 잘생겼다는 건 변함없어."

-…….

르웰린을 닥치게 만드는 데는 헛소리 한마디면 충분했다.

아렌트는 인적 없는 정원을 빠르게 가로질렀다. 하늘이 흐린 탓에 달조차 제대로 보이지 않는 밤이었다.

덕분에 아렌트는 어렵지 않게 그림자 틈에 몸을 숨길 수 있었다.

-그나저나 뭐 할 건데?

"시종들 낌새나 좀 살펴보려고."

시튼과 에녹, 로지가 미주알고주알 떠들어 준 덕에 그들의 대략적인 일과는 대충 파악하고 있었다.

루카인 왕궁이라고 해도 큰 차이는 없을 것이다.

"아직 한참 일하고 있겠지. 내일 아침 일과를 준비해야 하니까. 빈집털이하긴 최고 아냐?"

-빈집털이라고 말하지 마. 같은 편인 게 자괴감 들려고 하니까.

"꼬우면 잠이나 자. 자꾸 종알대면 통신 끊어 버리는 수가 있어."

르웰린이 다시 조용해졌다. 아주 효과적으로 그를 제압한 아렌트가 다시 걸음을 재촉했다.

"보통 시종장도 시종들이랑 같이 생활관에 묵지?"

-아마 그럴걸. 에버란 왕국은 본궁 가까이에 시종들 생활관이 있어. 아마 여기도 비슷하지 않을까?

"좋아. 본궁 가까이란 말이지."

아렌트는 어렵지 않게 방향을 잡았다.

차가운 공기를 맞으며 몸을 움직이니 또 뒤틀리려던 속이 제자리를 찾아갔다.

'개 같은 신 새끼들.'

그림자 속에서, 그리고 흐릿한 달빛에서 놈들의 시선이 지나칠 정도로 생생히 느껴졌다.

방해물을 호시탐탐 치우려 드는 진득한 악의. 그리고 언제든 망가뜨릴 수 있는 장난감을 대하는 것 같은 잔혹한 천진난만함.

 그것들이 예고 없이 존재감을 드러내는 순간은, 도무지 적응할 수 없었다.

 "쯧."

 그러나 아렌트는 대수롭지 않게 그것을 씹어 넘겨 버렸다.

 이쯤 되니 슬슬 짐작 가는 구석도 있었다.

 '아마 이게 영웅이 져야 하는 업보였겠지.'

 언젠가 렉시온과 나눴던 대화가 떠올랐다.

 영웅 칸이 불행했던 이유는, 인간의 몸으로 신에게 지나치게 가까워졌기 때문일 터였다.

 '루체 놈의 꼭두각시로 살며 세상을 구하고, 또 적을 끝도 없이 죽이며 베어 내고…….'

 미치지 않는 게 오히려 이상한 일이었다.

 영웅 칸은 과연 세상의 진실에 대해 알고 있었을까.

 자연스럽게 생각이 그쪽으로 흘러갔다.

 어쩌면 영웅 칸은 루체가 절대적인 선이나 정의와는 거리가 상당히 멀다는 걸 알아차렸을지도 몰랐다.

 그러나 당장 세상을 구하기 위해서는 다른 선택지가 없었을 터.

 영웅 칸은 루체 신을 절대 선으로 만들어 주는 대신,

그의 힘을 빌려 세상을 구한 것이다.

'원래는 영웅이 감당해야 할 압박이지만……. 어쩌다 보니 내 쪽으로 온 거라고 보면 되려나.'

라이오스에게서는 딱히 이상한 기미가 보이지 않고, 렉시온도 별말이 없으니 그리 생각해도 괜찮을 터였다.

당하는 입장에서는 개 같긴 하지만, 그리 생각하면 썩 나쁘지만은 않았다.

'그 호구보다야 내가 낫지.'

어차피 누구 하나는 받아들여야 한다면, 좀 더 잘 버티는 쪽이 받아들이는 편이 합리적이긴 했다.

이곳은 하나의 세상이면서, 자신에게는 드넓은 무대이기도 하니까.

관객의 시선에서 오는 압박감쯤이야 아렌트에게는 익숙한 거였다.

"후우."

아까보다는 숨쉬기가 좀 더 편해졌다.

아렌트는 다시 정신을 차리고 지금의 배역에 집중했다.

지금의 그는 애송이 왕자가 명명한 대로 한 명의 도둑놈이었다.

-건물 찾았냐?

침묵이 길어지자 르웰린이 초조해진 건지 속삭이며 물었다. 그에 아렌트가 톡 쏘아붙였다.

"들키는 꼴 보고 싶지 않으면 그냥 닥치고 있어. 필요해지면 말 걸 테니까."

-아오, 진짜 싸가지 없는 새끼.

욕을 중얼거린 르웰린이 곧 조용해졌다.

아렌트는 그에게서 완전히 신경을 꺼 버리고, 기사들의 시선을 피해 본궁 뒤로 돌아갔다.

얼마 지나지 않아, 불이 거의 다 꺼진 건물 하나가 눈에 들어왔다.

본궁과 비교해서는 꽤 수수한 외견이었지만 제법 면적이 큰 건물이었다.

오늘의 목적지였다.

'딱히 지키는 사람도 없는 것 같고.'

순찰을 도는 인원이야 몇 있었지만, 시종들의 거처 근처라 그런지 딱히 경계하는 모습은 보이지 않았다.

이 정도라면 잠입은 식은 죽 먹기였다.

아렌트는 우선 주변에 인기척이 없다는 것 먼저 확인했다.

그리고는 어둠을 틈타 몸을 숨기고 건물 가까이에 접근해, 좀 더 감각을 곤두세웠다.

'1층은 거의 비었고……'

건물은 3층까지 있었다.

아래층에는 비교적 어린 하급 시종이, 그리고 위층으로 올라갈수록 관리자급의 시종들이 사용하는 것 같았다.

"나 이제 들어간다."

-조심해.

아렌트의 짧은 보고에 르웰린이 걱정 가득한 목소리로 대답했다.

열린 창문을 통해 손쉽게 안으로 침입한 그는, 소리도 전혀 내지 않고 사뿐 착지했다.

수수한 방에는 작은 침대 네 개와 책상들, 그리고 공용으로 사용하는 작은 옷장뿐이었다.

아무래도 하급 시종들이 함께 쓰는 방 안으로 들어온 것 같았다.

'아직 복귀하려면 좀 멀었을 테니……'

지금 한창 뒷정리를 하느라 바쁠 시간일 테니, 아렌트는 느긋하게 움직이기로 했다.

* * *

빅토르의 허락이 떨어지자, 루이스와 리에타가 함께 방 안으로 들어왔다.

"형님, 오늘 저녁 식사도 거르셨다면서요. 어디 안 좋은 곳이라도 있으십니까?"

아직 앳된 티가 남은 얼굴로, 루이스가 걱정스럽게 물어 왔다. 빅토르는 자연스럽게 미소 지으려 애쓰며 손을 내저었다.

"아니. 그냥 영 식욕이 없어서 그랬을 뿐이니, 걱정하지 않아도 돼."

"그렇다고 식사를 거르시면 어떻게 해요. 안 그래도 바쁘신 분이."

루이스의 곁에 앉은 리에타가 고개를 기울이며 꾸중하듯 말했다.

그 어조에 잔뜩 경직됐던 빅토르의 몸에서 어느 정도 긴장이 풀렸다.

"아냐, 진짜 괜찮아. 어제 오신 손님이랑 같이 밤에 술을 한잔했더니, 속이 안 좋아서 그래."

"과음하셨습니까? 형님답지 않으십니다."

루이스가 의아하게 눈을 깜빡였다.

"손님이라면……. 에버란 왕국의 르웰린 왕자님 말씀이시군요. 저도 이야기는 대충 들었습니다. 여행 중에 시종이 갑자기 앓아서 급히 찾아드셨다고요."

시종에 관한 화제가 나오자 빅토르는 한순간 표정 관리에 실패할 뻔했다.

하지만 빅토르는 어떻게든 마음을 가다듬었다.

"어어, 그랬지. 시종은 괜찮아졌는데 왕국을 돌아보고 싶다 하셔서. 한동안 왕궁에 머물면서 천천히 왕성을 돌아보시라고 내가 그리 권해 드렸어."

"과연, 모험을 즐긴다고 하시더니 정말이셨군요. 최근에는 칼리온 제국에서 거의 움직이지 않으신다 들었는데요."

루이스가 눈을 동그랗게 떴다. 그러자 옆에서 듣던 리에타가 끼어들었다.

"저 한 번 만나 뵙고 싶어요! 그분은 엘프 왕국에도 자주 드나드셨다면서요? 여행 이야기를 듣고 싶어요."

"저도 그렇습니다. 물론 르웰린 왕자님의 일정에 방해되지 않는 선에서요."

루이스 역시 얼른 그렇게 말했다.

점잖은 척하고 있지만, 눈이 초롱초롱 빛나는 것을 보아하니 제법 진심처럼 보였다.

"네가 그렇게 말한다면, 내가 한 번 자리를……."

자연스럽게 대답하려던 빅토르가 멈칫했다.

르웰린 왕자는 둘째 치고…….

순진하게 눈을 반짝이는 동생들을 그 독사 같은 견습 기사 앞에 내보여도 되는 걸까.

순간 확신이 서지 않았다.

"오라버니?"

리에타의 의아한 목소리에 빅토르가 퍼뜩 정신을 차렸다.

"아, 으응. 그래. 자리를 마련해 보마. 잠깐 다른 생각을 하느라."

"그러면 왕자님께 드릴 선물이라도 준비할까요? 뭘 좋아하시는지 혹시 아세요?"

그러자 리에타가 곧장 반색했다. 빅토르는 어색하게 웃

감추고 싶은 게 있다면 〈265〉

으며 뺨을 긁적였다.

"글쎄, 나도 잘. 네가 직접 뵙고 여쭤보는 것이 어때?"

"그럴까요?"

"괜히 그분을 성가시게 해 드리는 것이 아닌지 모르겠습니다."

손뼉까지 짝 치는 리에타와 근심스럽게 눈썹을 휘는 루이스를 보며, 빅토르는 속으로 마른침을 삼켰다.

'역시 이 애들은 아무런 관련이 없겠지.'

그래야만 했다.

다시금 입안이 바싹 마르기 시작했다.

순진하기 그지없는 아이들의 결백을 증명해내기 위해서는 어떻게 해야 할까.

고민하던 그때, 빅토르는 불현듯 깨닫고 말았다.

'아니야.'

그건 자신이 판단할 수 없는 문제였다. 애초부터 그들이 결백하다는 근거부터 찾아내려는 마음부터가, 이미 공정성을 잃었다는 증거였다.

"……."

빅토르는 더욱 참담해지고 말았다.

하지만 어린 두 동생 앞에서 차마 그런 표정을 드러낼 수는 없었기에, 그는 애써 웃었다.

비참하게 변한 왕의 모습이 다시금 눈앞에 선히 떠올랐다.

범인이 누구인지 밝혀내지 못한 이상, 그 누구도 믿을 수 없다.

그가 사랑하는 두 동생 역시 마찬가지였다.

그 점을 인식한 순간 머릿속이 차갑게 가라앉았다.

"그렇다면 아예 식사 자리를 마련하는 것이 좋겠구나."

못난 꼴이었지만, 먼저 도움을 청한 건 자신이었다.

그들을 이곳에 불러들인 순간, 적어도 이번 일에 있어서만큼은 왕세자로서의 권위를 포기한 거나 마찬가지였다.

지독한 자괴감과 모멸감에 배알이 뒤틀렸다.

금방이라도 속을 모두 게워 내 버리고 싶었다.

그러나 입 밖으로는 한편으로는 한결 더 자연스러워진 목소리가 흘러나왔다.

"그렇지 않아도 나 역시 한 번쯤은 제대로 대접해 드려야겠다고 생각했거든. 그때 너희들을 소개시켜 드리면 되겠어."

도움은 안 될지언정, 적어도 방해할 수는 없었다.

'아렌트 폰 에크하르트는 아직 날 신뢰하지 못하는 것 같지만……'

적어도 자신은 그들을 믿어야 할 의무가 있었다.

그들이 루카인 왕국 내부에서 어떤 일을 벌이더라도 전폭적으로 지지하며, 모든 결과를 담담히 받아들이는 것.

그게 끌어들인 자로서 최소한의 책임이었다.

감추고 싶은 게 있다면 〈267〉

'사랑하는 이들을 잃게 된대도…….'

그것 역시 모두 감내해야 할 터였다.

못난 자신이 할 수 있는 건 단지 그뿐이기에.

속이 타들어 가는 것처럼 아팠다.

　　　　　　＊　＊　＊

벽난로를 들여다보는 아렌트의 눈동자가 이채를 발했다.

"……내가 이럴 줄 알았지."

아렌트가 작게 중얼거렸다.

그가 있는 곳은 2층 구석의 작은 개인실이었다.

거의 다 타고 남은 재 속에서 아렌트는 작은 종이 조각들을 찾아냈다.

'급하게 태우고 나간 모양이지.'

찢어지고 절반쯤은 탄 채 그을음이 잔뜩 묻은 상태였지만, 뭔가 쓰여 있던 흔적은 충분히 알아볼 수 있었다.

부지깽이로 종이 조각을 긁어모은 아렌트는 손에 재가 묻지 않도록 신중하게 하나씩 집어 들었다.

그렇다고 읽을 수 있는 상태는 아니었지만, 딱히 아쉽지는 않았다.

제일 중요한 증거가 남아 있었으니까.

"하여튼, 쥐새끼 같은 새끼들."

아렌트의 입가에 차가운 미소가 번졌다.
절반쯤 탄 종이 파편에 익숙한 문양의 흔적이 보였다.
세 개의 검이 꽂힌 심장.
그 위를 타고 올라가는 뱀.
놈들의 손길이 왕궁 깊은 곳까지 미쳤다는 증거였다.

* * *

가장 중요한 시종장의 방문은 굳게 잠겨 있어서 침입하지 못했다.
그러나 딱히 아쉽지는 않았다. 다른 방에서 처음 발견한 것과 비슷한 쪽지 몇 개를 회수할 수 있었으니까.
시종들이 퇴근하기 전, 아렌트는 무탈히 생활관을 빠져나와 르웰린에게 돌아갈 수 있었다.
창문을 타고 방으로 돌아온 아렌트를 본 르웰린이 어처구니없이 내뱉었다.
"진짜 도둑놈 꼴이네."
"뭐? 아."
그제야 아렌트는 제 꼴이 어떤지 자각했다. 벽난로를 뒤지느라 얼굴이며 머리칼이 검댕투성이가 된 거였다.
대충 손으로 문질러 닦으려던 찰나, 르웰린이 미리 준비해 둔 수건을 던져 주었다.
수건을 간단히 잡아챈 아렌트는 대강 얼굴을 닦아 내며

감추고 싶은 게 있다면 〈269〉

대꾸했다.

"이렇게 잘생긴 도둑놈 본 적 있냐?"

"원래 네 얼굴도 아니고, 어린애 꼴을 하고선 지금 무슨 말을 하는 거야?"

그 와중에도 본판이 훌륭하다는 건 차마 반박하지 못한 그였다.

순식간에 말끔한 모습으로 돌아온 아렌트는 더러워진 수건을 르웰린에게 휙 던졌다.

"렉시온 님은 아직 안 오셨고?"

"왕자한테 이딴 취급을 하는 것도 세상에 너밖에 없을 거다."

다시 수건을 받아든 르웰린이 짜증을 터뜨렸다.

"그리고 돌아오셨으면 너한테 제일 먼저 말했겠지. 계속 통신 상태였으면서 뭘 또 물어?"

"그거참 실례했네, 왕자님. 왜 이렇게 신경질적이실까? 주방에서 따뜻한 우유라도 가져다줘?"

"……."

르웰린은 눈빛으로 욕을 퍼붓기 시작했다.

이런 상황에 농담이 나오냐, 라는 뜻을 어렵잖게 읽어 낼 수 있었다.

조금만 더 긁으면 금방이라도 터질 것 같은 얼굴이라, 아렌트는 기꺼이 실천해 주기로 했다.

"어쨌든 딱 하나는 확실해졌어."

"뭐가."

"큰일 났다는 거."

"아오, 진짜! 진짜 짜증 나니까 그렇게 태연하게 말하지 말아 줄래? 누가 그걸 몰라? 너한테는 위기의식이라는 게 없냐?"

드디어 르웰린이 버럭 화를 터뜨렸다. 그 사실에 제법 만족하며, 아렌트가 어깨를 으쓱했다.

"발만 동동 구른다고 해서 해결되는 건 없잖아. 내가 누누이 말하지 않았던가? 쓸데없이 열 내면 지는……. 어픕!"

퍽! 둘둘 만 수건이 맹렬하게 날아와 아렌트의 얼굴에 직격했다.

수건을 걷어 낸 아렌트가 황당하게 말했다.

"야, 아무리 그래도 아티팩트까지 쓸 일이냐?"

"속이 터져서 그런다, 왜? 그거라도 안 쓰면 네가 어디 한 대라도 맞아 줄 위인이냐?"

르웰린이 사납게 쏘아붙였다.

그의 주변을 떠돌던 미풍이 금발을 몇 번 흔들다가 이내 다시 잠잠해졌다.

어깨를 으쓱한 아렌트는 다시 수건을 뭉쳐서 세탁물을 모아 둔 쪽으로 휙 던져 버렸다.

"아무래도 시종들이 서로 지령을 주고받은 것 같은데……. 벽난로의 재는 주기적으로 치우니까, 아마 이 쪽지도 비교적 최근 것들이겠지."

르웰린은 곧장 본론으로 들어가 버리는 아렌트를 사납게 쏘아보았다.

"결국 지금도 악신교 놈들이 활발하게 왕궁을 활보하고 있다는 거잖아."

"그런 셈이지. 이것들의 주인에 대해서는 날이 밝으면 더 조사해 봐야겠어. 호실은 다 기억해 뒀으니, 방 주인을 찾는 건 쉬울 거야."

타다 만 종잇조각을 르웰린에게 보여 주며 아렌트가 시큰둥하게 대꾸했다.

"일단은 정보상 쪽에 의뢰해 보고……. 빅토르 왕세자 저하랑 미들턴 공작님께도 여쭤보는 게 낫겠네."

"시종장은?"

"안 그래도 그놈 방에도 들어가 보려고 했거든? 그런데 잠겨 있더라."

르웰린의 짧은 물음에 아렌트가 눈살을 찌푸렸다.

"시종장이 얽혀 있는지는 아직 확실하지 않지만, 이쯤 되면 일부러 확인하는 것도 무의미할 것 같지 않아?"

"……."

르웰린은 아무런 말도 하지 않았다. 그저 착잡하게 입을 다물고서 시선을 내리깔 뿐이었다.

저 망할 녀석이 아무렇지도 않게 말하는 것과는 달리, 상황은 심각하기 그지없었다.

루카인 왕국의 명맥이 지금 끝을 향해 내달리고 있었다.

　그 생각이 맞다고 긍정이라도 해 주듯, 아렌트의 무심한 목소리가 이어졌다.

　"아마 이게 끝이 아닐 거야. 아주 일부분에 불과하겠지. 고작 두어 시간 동안 뒤졌는데도 이 정도라면, 놈들은 이미 왕궁 내부 깊숙한 곳까지 파고들어 있을 거야."

　"······."

　"오히려 우리가 수적으로 불리할 수도 있어."

　끔찍한 말이었다.

　르웰린은 한동안 아무런 대꾸도 하지 못했다. 그가 주먹을 꽉 쥐는 것을 본 아렌트가 가볍게 한숨을 내쉬었다.

　"그런 의미에서, 제안 하나 하겠는데······."

　"나 혼자 빠져나가란 소리 하지 마. 그러면 진짜 두 번 다시 네 얼굴 안 볼 거니까."

　아렌트가 말을 채 끝내기도 전, 르웰린이 짜증스레 으르렁댔다.

　대충 예상했던 답이었다.

　아렌트가 마음에 안 든다는 듯 대꾸했다.

　"난 에버란 왕실이랑 척 지고 싶지 않아."

　"어차피 밖에 내놓은 자식이라 괜찮아. 어쩌다 객사해도 올 것이 왔겠거니 하실 거야."

　르웰린의 입가에 비릿한 미소가 드리웠다.

"아니면 유언장이라도 써 줄까? 처음부터 끝까지 내 의지였으니까 네게는 책임을 묻지 말라고."

"……됐거든. 네 마음대로 해. 이쪽도 일손이 하나 더 있는 편이 나으니까."

그를 일별한 아렌트가 손을 휘휘 내저었다.

"그리고 유언장이니 뭐니 지껄이기 전에 안 다칠 궁리나 하라고. 이왕이면 성가신 일은 안 만드는 게 좋지."

"진짜 이 싸가지 없는 놈……. 적어도 너한테 듣고 싶진 않거든?"

르웰린이 으르렁댔지만, 망할 견습 기사 놈은 들은 척도 하지 않았다.

본인은 매번 제일 먼저 사지로 달려 나가는 주제에.

목 끝까지 치고 올라온 말을, 르웰린은 가까스로 삼켰다.

지금도 마찬가지였다.

왕실이니 뭐니 운운했지만, 결국 아렌트가 걱정하는 건 르웰린의 안위일 테니까.

"그건 그렇다 치고, 이제 어쩌면 좋을까……. 일단은 황태자 전하께 보고부터 드리고."

차질이 생기지 않았더라면, 이미 3기사단과 안개숲 친위대는 루카인 왕국을 향해 출발했을 것이다.

하지만 어쩌면 그들만으로는 감당할 수 없을지도 모르겠다는 생각이 들었다.

생각에 골몰하던 아렌트가 문득 질문을 던졌다.

"……야, 왕성 근처의 다른 도시까지는 거리가 어떻게 돼?"

"별로 안 멀어. 말로 달리면 2시간, 3시간 정도."

르웰린이 퉁명스럽게 대꾸했다.

"루카인 왕국 전체가 왕궁을 둘러싼 형태로 이뤄져 있거든. 면적에 비해서 인구수도 많은 편이고."

"그렇단 말이지."

그렇게 중얼대는 아렌트의 미간이 살짝 찌푸려졌다.

생각에 빠진 얼굴에서 은발의 앳된 기사의 옆태가 보이는 것 같았다.

"그건 갑자기 왜?"

"……전염병이 퍼지기에 딱 좋은 형태인 것 같아서."

"뭐?"

한순간 르웰린은 그 말을 쉽게 이해하지 못했다.

그러나 얼마 지나지 않아, 르웰린은 심장이 쿵 내려앉는 것을 느꼈다.

아렌트가 여전히 무표정한 낯으로 읊조렸다.

"신앙이라는 거 말이야. 전염병이랑 제법 비슷하지 않나? 적어도 난 그렇게 생각하는데."

"……."

르웰린은 아무런 대꾸도 하지 못했다.

분명 저 말은 단순히 악신에게만 향하는 것은 아닐 터

였다.

지독하게도 모독적인 말이었지만, 차마 반박할 수 없었다.

"……이렇게 되면 정보상을 계속 이용하는 것도 좀 위험하겠어."

아렌트가 살짝 미간을 찌푸렸다.

사업체를 키워 가며, 노이만은 루카인 왕국 내부에서도 제법 사람을 채용할 수밖에 없었다.

그 속에 누가 어떻게 섞여 들었을지도 모를 일이었으니까.

아렌트를 착잡하게 보던 르웰린이 애써 침착하게 말했다.

"일단은 속단하지 말자. 렉시온 님이 오실 때까지 기다려 보는 게 낫겠어."

"……."

아렌트는 대답 대신 가볍게 고개를 끄덕이기만 했다.

'내부부터 파고든 배신자에, 아무것도 모르는 왕세자라…….'

그의 시선은 타다 만 종잇조각에 닿아 있었다.

짧은 고민을 마친 아렌트가 운을 뗐다.

"일단 미들턴 공작와 왕세자 저하께도 알리자. 더 이상 우리끼리 머리 굴리고 있을 때가 아냐."

"……알았어."

그 뜻을 읽어 낸 르웰린이 굳은 얼굴로 답했다.

* * *

결국 아침이 올 때까지도 렉시온은 돌아오지 않았다.

아침 식사 시간이 지나자마자, 르웰린은 미들턴 공작과 빅토르 왕세자에게 만남을 청했다.

왕세자의 집무실에 모두 모이자마자, 르웰린이 먼저 운을 뗐다.

"시간이 없으니 본론부터 꺼내겠습니다. 시종들의 생활관 벽난로에서 이런 것을 찾았습니다."

르웰린이 테이블 위에 다 탄 종잇조각 몇 개를 올려놓았다. 거기에서 익숙한 문양을 알아본 빅토르 왕세자의 얼굴이 새파랗게 질렸다.

"……이건 악신교가 사용하는 표식이 아닙니까?"

"네. 그렇습니다."

르웰린이 고개를 끄덕였다.

"아마도 시종들 틈에 악신교가 깊이 침투해 있는 듯합니다."

"잠시만요, 왕자님. 시종들의 방에서 그것들을 찾아내셨다 하셨습니까?"

경청하던 공작이 입을 열었다.

"이것을 입수한 경로에 대해서 듣고 싶습니다. 왕자님

을 의심하는 것은 아니나, 그래도 특수한 상황이니 이해 부탁드립니다."

"제 시종이 보기보다 몸이 날랩니다."

르웰린은 뒤에 얌전히 선 아렌트를 눈짓했다. 아직 그는 공작 앞에서는 시종 행세를 하겠다 선언한 상태였다.

미들턴 공작의 시선이 닿자, 앳된 시종이 얼른 고개를 숙였다.

그의 정체를 아는 빅토르의 표정이야 당연히 썩어들어 갈 수밖에 없었지만, 다행히도 공작은 위화감을 알아차리지 못한 듯했다.

"죄송한 말씀입니다만, 놈들이 얼마나 침투해 있을지 모를 상황이라서요. 시종들이 자리를 비운 사이에 아, 그, 렌을 시켜 숙소를 뒤지게 했습니다. 멋대로 군 것은 죄송합니다만……."

르웰린은 동요하지 않고 차분하게 말을 이었다.

"그 결과물이 이것입니다. 아마 시종들 사이에서 모종의 명령이 오간 듯합니다. 이건 2층의 3번째 방에서 발견한 거고요."

"놈들은 이미 왕궁 내부에서 조직적으로 움직이고 있다는 뜻이군요."

그 정도만으로도 미들턴 공작은 빠르게 상황을 파악해 낸 듯했다.

"그렇다면 그 시종을 문초해 한 패를 알아내는 일이 시급하겠군요."

"아니요. 지금은 좀 더 신중하게 접근할 필요가 있습니다."

공작의 말에 르웰린이 반박했다.

"자칫하다간 놈들이 꼬리만 자르고 모습을 감춰 버릴지도 모릅니다. 현재로서는 적의 규모가 어느 정도일지 감도 잡을 수 없으니까요. 자칫하다가는 뿌리 뽑기는커녕 이쪽이 당할지도 모를 일입니다."

"그렇다면……."

신음처럼 입술을 달싹이던 빅토르가 목소리에 힘을 실어 말했다.

"신뢰할 만한 사람을 먼저 가려내야겠군요. 맞습니까?"

"네. 그 말씀을 드리고 싶었습니다."

르웰린이 간단히 고개를 끄덕여 주었다.

"공작님. 영지에서 이쪽으로 오실 때 사병을 데리고 오셨다 들었습니다. 그들은 모두 왕궁 근처에 있습니까?"

"……예, 그렇습니다."

타국의 인사에게 사정을 밝히는 것이 썩 내키지 않는 눈치였지만, 미들턴 공작은 의외로 선선히 답을 내어 주었다.

이곳에 오기 전 빅토르 왕세자에게 대략적인 사정에 대해 들은 것이다.

"기사들은 왕실 친위 기사단과 함께 경계 근무에 돌입했고, 병사들은 친위대와 함께 움직이고 있습니다. 숙소 역시 그들과 공유합니다."

"우선 그들을 기존 왕실 병력과 분리하시고, 내부를 철저히 감사하세요. 공작님의 병사들은 입궁한 지 얼마 되지 않았으니, 아직 악신교에 오염되지 않았을 가능성이 큽니다. 그리고, 형님."

르웰린은 다음으로 왕세자에게 시선을 주었다.

그와 눈을 마주친 빅토르가 긴장한 듯 허리를 뻣뻣하게 세웠다.

"왕실 친위 기사단은 신뢰할 수 있습니까?"

"……"

빅토르는 한동안 대답하지 못했다. 당장 뭐라 확답할 수가 없던 탓이었다. 하지만 잠시 후, 그는 마음을 굳게 먹고 입을 열었다.

"……적어도 기사단장 에드거 경은 믿을 수 있습니다. 그는 독실한 루체 님의 신자니까요. 다른 기사들은 확신할 수 없습니다만, 그들은 모두 악신교와 맞서 싸운 적 있으니 쉽게 변절하지는 않으리라 생각합니다."

그들은 켄드릭과 함께 루카인 왕국 국경에 쳐들어온 이들을 직접 상대한 적 있었다.

"좋아요. 그런 식으로, 저하께서는 믿을 만한 사람을 추려내세요. 결코 배신하지 않을 자들로."

"병력을 입에 담으신다는 것은, 설마."

가만히 듣던 미들턴 공작이 스산히 입을 열었다.

"왕자님은 내전이 벌어질 가능성을 염두에 두고 계신 겁니까?"

"가능성 정도가 아닙니다."

르웰린이 차갑게 답했다.

"확신입니다. 크든 작든, 싸움은 벌어질 겁니다. 루카인 왕궁 내부에서요."

6장. 쓸데없이 거창한 이름보다는

쓸데없이 거창한 이름보다는

"……도대체 왜 이렇게 된 겁니까?"

한참 동안 침묵하던 빅토르가 입을 열었다.

"의심하는 것은 아닙니다. 그러나 이해가 되지 않아서 그렇습니다. 도대체 어쩌다가 일이 이 지경이……."

빅토르가 혼란스럽게 중얼거렸다.

"분명 평화로웠을 겁니다. 잘 지켜 내고 있다 여겼습니다. 전하와 함께 노력했고, 어머님과 귀비께서도 잘 하고 있다며 늘 격려해 주셨고요. 그런데, 도대체 어째서……."

"저하. 침착하십시오."

미들턴 공작이 빅토르의 어깨에 손을 올려놓았다. 투박한 손길에 빅토르가 고개를 들자, 공작이 힘주어 말했다.

"전하는 지키지 못했으나, 저하만큼은 제가 기필코 지

켜내 보이겠습니다. 그것이 형님에 대한 최소한의 사죄가 될 테니까요. 이 한 목숨 바쳐, 저는 저하와 왕국을 지켜내겠습니다."

"숙부······."

빅토르가 멍하니 중얼거렸다.

와중에 르웰린은 찔끔하며 뒤에 선 아렌트를 힐끗 살폈다.

표정 관리의 귀재답게 그는 시종다운 자세로 가만히 고개를 숙이고 있었다.

하지만 살벌하게 치뜬 두 눈만큼은 아니꼽다는 기색을 숨기지 못한, 아니, 숨기지 않은 채였다.

어쩌면 위장 중이라 다행일지도 몰랐다.

원래 모습이었다면 이미 저 주둥이가 터지고도 남았을 테니까.

노려보는 시선 때문에 뒤통수가 따끔따끔했다.

"어, 어쨌든. 그. 이왕이면 목숨은 걸지 말자고요. 공작께서도 오래오래 저하를 보필하셔야 할 거 아닙니까."

"······예. 그러겠습니다. 이런 상황일 때일수록 더더욱이요. 하지만 필요한 때가 된다면 목숨을 아끼지 않을 것입니다."

나이 든 공작의 흉터투성이 얼굴에 결연함이 깃들었다. 르웰린은 저도 모르게 솔직하게 내뱉고 말았다.

"그, 죄송한데, 바로 며칠 전까지 서로 의심하고 있었던 거 아닙니까?"

"……."

빅토르와 공작이 순식간에 떨떠름한 표정을 지었다.

아렌트는 그제야 살벌하던 눈길을 풀었고, 반대로 르웰린은 제 주둥이를 때리고 싶어졌다.

아렌트가 옳아도 단단히 옳아 버린 게 틀림없었다.

르웰린은 잽싸게 말머리를 돌렸다.

"어, 어쨌든 일단 두 분은 병력을 파악해 주세요. 아직 뭐가 어떻게 될지 모를 상황이니 미리 대비하는 것이 좋을 듯합니다. 그리고 두 분께는 죄송한 말씀이지만, 이미 칼리온 제국의 황실 3기사단과 엘프 2왕국 친위대가 루카인 왕국으로 오고 있습니다."

"그, 그러고 보니 일행 중 다른 한 명도 있지 않았습니까."

퍼뜩 정신을 차린 빅토르가 물었다.

"그는 지금 어디에 있습니까? 마법사라 들었습니다만."

"정찰 임무를 보냈습니다. 아무래도 왕국 전반에서 흘러가는 분위기가 심상치 않아서요."

간단하게 둘러댄 르웰린은 전 대륙에서 빈번히 발생한 실종 사건에 대해서도 간략하게 설명했다.

"실종자 수를 모두 합치면 제법 위협적인 정도의 병력이 됩니다. 분명 파악하지 못한 실종 건수도 있겠죠. 그쪽은 아직 이렇다 할 증거를 발견하지 못했으니, 추측 단계에 불과합니다. 하지만 이런 게 왕궁 내부에서 발견된 이상……."

르웰린이 테이블 위의 종잇조각을 눈짓으로 가리켰다.

"두 분께서는 그냥 넘기실 수는 없겠죠."

공작과 빅토르가 동시에 마른침을 삼켰다. 한동안 왕세자의 집무실에는 침묵이 감돌았다.

입을 꾹 다물고 있던 빅토르는 르웰린의 뒤에 선 아렌트를 향해 힐끗 시선을 주었다.

"……조언 주신 대로 하겠습니다. 칼리온 제국에서 적극적으로 도움을 주신다 하니, 저 역시 감사할 따름입니다. 그리고 염치없지만."

다시금 목구멍이 타들어 가는 기분이었지만, 빅토르는 꿋꿋이 입을 열었다.

"한 가지, 부탁드리고 싶은 게 있습니다."

르웰린은 빅토르의 말이 자신이 아닌, 아렌트에게 향한다는 것을 알아차렸다.

"경청하겠습니다, 형님."

"저는 제 가족을 그 누구보다도 사랑합니다. 그러니 저는 그들의 죄의 유무를 공정히 판별하는 것이 불가능합니다."

빅토르는 느릿느릿 말을 이었다.

"가장 유력한 용의자가 어머님과 작은 어머님, 그리고

제 두 동생임을 압니다. 그러니 부탁드리고 싶습니다."

"저하!"

미들턴 공작이 놀라 그를 불렀다. 하지만 빅토르의 결심은 확고했다.

그는 곧은 눈으로 르웰린과 그 너머의 아렌트를 보았다.

"방해하지 않겠습니다. 필요하다면 처분 역시 맡기겠습니다. 저처럼 못난 놈에게는 그것이 최선입니다. 제가 해야 할 일을 떠넘기는 점, 정말로 죄송합니다."

정 많은 왕세자가 저리 말하기까지 얼마나 오랜 시간이 걸렸을지, 르웰린은 충분히 짐작할 수 있었다.

르웰린이 굳은 얼굴로 고개를 끄덕였다.

"무슨 말씀인지 잘 알아들었습니다."

"조만간 식사 자리를 준비하겠습니다."

그 자리에서 죄의 유무를 가려내 달라는 말이었다.

르웰린이 선선히 승낙하려던 찰나…….

"큼, 흠."

뒤에서 눈치를 주는 것 같은 잔기침 소리가 들려 나왔다.

아렌트였다.

르웰린과 빅토르가 동시에 멈칫했다. 그리고는 마치 약속이나 한 듯, 슬쩍 눈동자만을 돌려 르웰린의 뒤에 선 시종…… 이 아닌 아렌트의 눈치를 살폈다.

아렌트는 시큰둥하기 그지없는 낯짝으로 두 사람을 마주 보았다.

자세한 건 알 수 없었지만, 지금 대화가 썩 마음에 들지 않는다는 것만은 확실했다.

르웰린이 슬그머니 말머리를 돌렸다.

"……일단 그건 나중에 이야기할까요, 형님?"

"예, 예. 그게 좋겠습니다."

빅토르 역시 떨떠름하게 고개를 끄덕였다.

* * *

"왜, 또. 뭐가 불만인데."

방으로 돌아오자마자 르웰린이 지친 목소리로 물었다.

대화하는 내내 아렌트의 눈치를 보느라 진땀을 뺀 탓이었다.

아렌트가 불퉁하게 대꾸했다.

"처음부터 끝까지 마음에 안 들어. 각오는 가상하다만, 처분은 왕세자가 직접 해야 해. 그래야지 온전히 그 핏줄에 책임을 질 수 있을 테니까."

"아니, 하지만……."

"아무리 반역자라지만, 넌 남의 나라 왕실 사람의 피를 손에 묻힐 수 있어?"

뭐라 반박하려던 르웰린은 뒤이어진 차가운 목소리에

입을 꾹 다물고 말았다. 아렌트가 쭛 혀를 찼다.

"그래, 묻힐 수야 있겠지. 왕가 사람이라고 해 봤자 어차피 다 똑같은 인간일 뿐이니까. 하지만 왕세자가 그런 권한을 줬다고 하더라도, 나중에 문제 되지 않으리란 보장은 없어."

"……."

"상황이 다 친정된다더라도, 저 인간이 왕권을 단단히 틀어쥐고서 본인 뜻대로 밀고 나갈 수 있을 거라고 생각해? 하여튼 이놈이고 저놈이고 물러 터져서야."

신경질적으로 머리를 쓸어 넘기려던 아렌트는 지금 제 모습을 뒤늦게 깨닫고 그만두었다.

르웰린이 착잡하게 말했다.

"하지만 이해는 할 수 있어. 형님은 귀비님도 자신의 가족이라 여기시는 것 같으니까."

자연스레 작은 어머니라고 부르던 모습이 증거였다.

"사랑하는 사람들을 심판대 위에 올리겠다 결심하는 것만으로도, 솔직히 형님은 왕세자다운 면모를 발휘하셨다고 생각해. 뒤늦게 다른 말을 하시진 않을 거야."

"아니, 왕세자 본인을 위해서도, 그 일은 우리가 해선 안 돼."

하지만 아렌트는 단호했다.

"그렇게 사랑하는 가족을 남의 손에 맡겨서 처단한다고 생각해 봐. 진짜 후회하지 않을 자신 있냐? 차라리 스스로 단죄하는 편이 낫지 않겠어?"

"……."

르웰린은 차마 반박하지 못했다.

그를 한 번 흘겨본 아렌트는 한숨을 푹 내쉬었다.

어느 방향이든 마음에 들지 않는 것은 마찬가지였다.

남의 손에 맡기든, 스스로 베어내든 달갑잖은 비극 그 자체일 뿐이니까.

잠깐 대화가 끊어진 그때, 아렌트의 통신구가 빛을 내기 시작했다. 아렌트는 인상을 찌푸린 채 통신을 받았다.

"왜요."

-……단장이 통신을 걸었는데 왜요, 라고 말하는 거 아니다. 내가 아니라 황태자 전하였다면 어쩌려고 그러나.

통신구 너머에서 라이오스의 침착한 대답이 돌아왔다.

"황태자 전하라도 크게 다른 답을 드리지는 않습니다만."

-…….

라이오스가 침묵했다. 르웰린은 잠깐 상황도 잊어버리고 잠시 라이오스를 향한 동정심을 품을 수밖에 없었다.

잠시 후, 라이오스는 모든 것을 다 포기한 듯 화제를 돌렸다.

-그쪽 상황은 어떻지?

"큰일 났습니다, 지금."

대뜸 던져진 말에 라이오스는 한동안 더 입을 다물고 있어야만 했다. 그 틈에 아렌트는 간략히 루카인 왕궁 내부 상황을 전했다.

큰일 났다는 말이 딱히 과장이 아닌 상황에, 라이오스가 떨떠름하게 말했다.

-일단은 알겠다만, 약간이라도 다급함을 보여 주면 안 되겠나?

"어쩌라고요. 원래 이런 놈인 거 아시잖습니까."

"솔직히 이런 상황에 그런 것 따지는 단장도 슬슬 정상은 아니라고 생각하는데."

두 사람이 대화를 듣던 르웰린이 참지 못하고 한 마디 던졌다.

그러나 라이오스는 못 들은 척하고 말을 이어 갔다.

-마침 왕자님도 계시니 잘 되었습니다. 현재 루카인 왕국 쪽으로 이동 중입니다만, 예상치 못한 상황이 발생해 급히 연락했습니다.

"뭔데요?"

아렌트의 질문에 라이오스가 짧게 답했다.

-마을을 통과하다가 습격을 받았다.

"뭐라고?"

르웰린이 저도 모르게 놀란 목소리를 냈다.

살며시 미간을 찌푸린 아렌트가 뒷이야기를 재촉했다.

"체르니온교 놈들이에요?"

―그렇더군. 빠르게 움직이기 위해 최대한 인적이 드문 길을 골라 이동 중이다만, 중간에 추격대가 붙었다.

이건 또 예상치 못한 사태였다.

라이오스의 설명이 이어졌다.

―개조 인간이나 호문쿨루스 같은 존재는 아니더군. 신성력은커녕 대부분 마력도 품지 않은 존재였다.

"……진짜 환장하겠네. 다 민간인이었다는 거예요?"

―그런 것 같더군. 약간의 훈련 정도는 한 것 같았다만, 아무래도 어설펐어. 치안대와 비슷한 전법을 흉내 내는 것을 보아하니 저들끼리 모여서 훈련한 듯했다. 추측하건대, 고위급 인물은 연관되지 않은 것 같다. 그리고 아티팩트에 당한 기미 역시 보이지 않더군.

므네모시네의 숨결이 작용한 흔적이 없다는 건 곧, 조종당하는 것도 아닌 오롯이 본인의 의지만으로 황실 기사단과 엘프 친위대에 검을 들이밀었다는 뜻이었다.

―모두 생포해서 치안대에 넘기고 다시 이동 중이다. 며칠 더 걸릴 것 같은데……. 아무래도 더 서둘러야겠군.

"그 사람들, 노이만 상단주님이랑 칸 연합 쪽에 연계해서 신원 확인해 보세요. 어쩌면 정보상 쪽에 접수된 실종자일지도 몰라요."

―그렇지 않아도 황태자 전하께 그리 보고드렸다. 다이아나 단장님이 맡아 주신다더군.

라이오스가 그리 말할 줄 알았다는 듯 대답했다.

-아직 확실한 것은 없다만, 우리가 루카인 왕국으로 향하는 것을 막으려는 게 아닐까 한다.

"하, 진짜."

아렌트는 신경질적으로 머리를 긁적였다.

"르웰린이 여기에 있으니까……. 황궁에서 출발한 기사단의 목적지가 어딘지는 뻔했겠죠. 그렇다는 건 황궁 근처에도 지켜보는 놈들이 있다는 뜻일 테고."

-그렇겠지. 루카인 왕궁 내부 인원과 연계하는 조직이 있는 듯하다. 놈들의 본진은 아마 루카인 왕국 내부에 있을 테고…….

잠깐 뜸을 들이던 라이오스가 덧붙였다.

-이 상태라면 내전으로 발전할 가능성이 커.

아직까지 체르니온교 본단이 간섭한 흔적이 보이지 않는다는 게 더욱 섬뜩한 부분이었다.

부서진 심장의 검이 직접 나서지 않더라도, 체르니온 교단이 충분히 민간에서도 영향력을 발휘하기 시작했다는 의미였으니까.

-위험하니까 주의해서 움직여라. 왕자님과 네 안위를 가장 우선해서 움직이고, 왕세자 저하를 보호하는 데 주력해.

"말씀 안 하셔도 그럴 겁니다. 고철 덩어리 같은 왕세자 목숨도 잘 챙겨 볼게요. 아주 지고지순한 공작도 충분히 협조해 줄 것 같은 눈치니까요."

"고철 덩어리……."

르웰린이 아득하게 중얼거렸다. 라이오스 역시 잠깐 동안 침묵하다 침착하게 지적했다.

-왕세자 저하를 고철 덩어리라고 부르면 안 된다.

"고철을 고철이라고 부르지 그럼……."

아렌트가 뭐라 불평하려던 찰나, 라이오스가 화제를 돌렸다.

-아 참, 그리고 한 가지 더.

지금까지와는 달리, 다소 유감스럽다는 목소리였다.

-아서가 미안하다고 전해 달라더군.

"네?"

-그럴 만 한 일이 있었다.

* * *

"무슨 생각 하냐?"

"라이오스 단장이 진짜 고생 많겠다는 생각."

질문을 던진 쪽은 아렌트였고, 답한 건 르웰린이었다. 썩 아렌트의 마음에 드는 대답은 아니었다.

"지금 피해자는 나라고 생각 안 해?"

"아니, 넌 자업자득이지. 네 평소 행실이 문제였던 거라고."

르웰린이 침착하게 지적했다.

미처 변명할 말이 없어서, 아렌트는 그냥 하던 일에나 골몰하기로 했다.

바닥에 주저앉은 그의 앞에는 루카인 왕국의 전체 지도가 놓여 있었다. 르웰린은 소파에 앉아서 그런 아렌트를 물끄러미 지켜만 보고 있었고.

르웰린이 말한 대로, 루카인 왕국은 왕성을 중심으로 거미줄처럼 뻗어 나간 형태였다.

물론 지형이 완벽한 원형이 아닌 이상, 외진 곳이나 영지에 포함되지 않은 작은 도시나 마을도 물론 존재했다.

하지만 그마저도 다른 나라의 외진 구역들보다는 외부로의 접근이 쉬운 편이었다.

"뭐가 좀 보이냐?"

르웰린이 소파에 기댄 채 물었다. 평소라면 옆에 와서 이것저것 참견해대겠지만, 지난 며칠간 피로가 제법 쌓인 모습이었다.

아렌트가 퉁명스레 대꾸했다.

"고작 지도 하나로 뭘 알겠냐? 졸지 말고 잠이나 자."

벌써 며칠째 아렌트와 함께 밤을 꼬박 새우던 그였다.

뭐라 불평이라도 할 줄 알았더니, 르웰린에게서는 아무런 대답도 돌아오지 않았다.

아렌트는 지도에서 눈을 떼고 뒤를 돌아보았다.

타박을 듣지도 못했는지, 르웰린은 소파에 기댄 채 눈을 느리게 깜빡이고 있었다.

"……."

곧 잠들겠군.

그렇게 직감한 아렌트는 더 이상 말을 걸지 않고 그냥 내버려두었다.

잠시 후, 등 뒤에서 곯아떨어진 숨소리가 들려왔다.

'나름 모험으로 잔뼈가 굵은 녀석이니, 체력에는 자신이 있었겠지만······.'

심리적 압박이 심한 상황에서 며칠이나 뜬눈으로 밤을 새우는 건 아무래도 힘들었던 듯했다.

잠깐 고민하던 아렌트는 쯧 혀를 차곤 몸을 일으켰다.

그리고는 침대에 있던 이불을 걷어내 대충 그의 위에 던져 주듯 덮어 주었다.

창문 밖이 어슴푸레 밝아 오고 있었다.

잠시 후.

돌연 심상찮은 마력 흐름이 느껴졌다. 아렌트가 그것을 알아차린 것과 거의 동시에, 방 한가운데에 검정 일색의 사내가 홀연히 모습을 드러냈다.

렉시온이었다.

"뭐 하느라 이렇게 늦었어요?"

아렌트의 타박에 렉시온이 인상을 구겼다.

"사태를 뻔히 알면서 그렇게 말하는 건 도대체 무슨 배짱이지?"

"알긴 뭘 알아요? 이쪽은 지금 왕궁에 처박혀서 남의

집 가족사나 뒤적이고 있었을 뿐인데."

아렌트가 짜증스럽게 대꾸했다. 그러자 쯧 혀를 찬 렉시온이 다시 마법을 시전했다.

마력이 주변을 가볍게 휩쓸고, 그는 다시 탐험가 랙의 모습으로 변했다.

"집안싸움이라고 말하는 걸 보아하니, 원흉은 왕실 인간 중 하나라고 결론 내린 모양이지."

"아무래도 그렇죠. 왕이 구울이 된 상태라."

아렌트가 어깨를 으쓱였다.

그는 렉시온에게 간략히 지금까지의 상황을 전했다. 그러자 계속 무표정하던 렉시온의 미간이 살짝 구겨졌다.

"환장하겠군. 그리고 지도를 들여다보고 있는 꼴을 보아하니……."

렉시온이 바닥에 활짝 펼쳐 둔 지도를 일별하곤 덧붙였다.

"아무래도 눈치챈 모양이지?"

"가능성 중 하나로 염두에 두고 있었을 뿐이에요."

아렌트가 담담하게 대꾸했다.

"시종들에게 유독 많이 퍼져 있고, 왕실 기사단이나 귀족들은 딱히 별다른 이변이 보이지 않았으니까요."

권력이 이동한 기미도 없고, 왕을 사실상 암살한 것 치곤 왕실의 권위를 깎아내리려는 고위층의 움직임도 보이지 않는다.

"위에서부터 아래로 스며든 게 아니라, 아래에서부터 위로 침투했을지도 모르겠단 생각은 했는데……."

거기까지 말한 아렌트가 렉시온을 보았다.

"아무래도 제 짐작이 맞아떨어졌나 봐요?"

정확한 경로는 알 수 없지만, 평민과 상인, 시종들 사이에 퍼지던 악신을 향한 신앙이 왕실 사람에게까지 다다랐다.

그 결과, 새로운 신앙에 눈을 뜬 왕실의 인물은 교단의 핵심 인물과 접촉해 왕을 구울로 만들었다.

아렌트가 다시 세운 가설이었다.

"도대체 이 나라에서 무슨 일이 벌어졌는지는 모르겠다만……."

렉시온이 가볍게 고개를 끄덕이며 긍정해 주었다.

"안팎에서 난리를 칠 동안 민간에 깊이 스며든 것 같더군. 왕궁 안과는 달리, 외부에는 놈들의 세례, 그러니까, 므네모시네의 숨결에 당한 자들이 제법 있어. 그자들이 현재 루카인 왕국 내부에서 교단의 주축을 담당하는 중이고."

"세례를 받은 놈들은 어떤 자들인지 확인해 봤어요?"

"물론이지. 영지의 경비대장이나 마을에서 제일 오래 산 노인, 그리고 골목대장 놀이를 해대는 청년……. 각양각색이야."

렉시온이 쯧 혀를 찼다.

"그런 놈들을 위주로 비밀 모임을 만들어서 움직이고 있어. 번지는 속도가 심상치 않고, 하루 이틀 된 일은 절대 아냐."

꽤 체계적으로 움직이는 데다, 심지어는 다른 지역의 조직과 활발히 교류하는 움직임도 있었다. 심지어는 자발적으로 모여 군사 훈련을 하는 청년들도 있었다.

"돌겠네, 진짜."

가만히 듣던 아렌트가 신음처럼 중얼댔다.

라이오스를 습격한 얼간이들이 있다는 소식을 들은 뒤부터 대충 짐작한 사실이긴 했다.

"그렇다면 당연히 칼리온 제국 근처에도 감시를 붙여 뒀을 테고……. 라이오스 단장 일행을 덮친 멍청이들은 그놈들이겠네요."

비단 루카인 왕국만의 일은 아니라는 뜻이었다.

"그리고 가장 중요한 거."

렉시온은 성큼 걸음을 옮겨 아렌트가 바닥에 펼쳐 둔 지도를 옆에 주저앉았다.

그의 손이 왕궁 근처의 도시들을 하나하나 짚어 내기 시작했다.

"여기, 그리고 여기."

렉시온의 손가락이 닿았던 자리에 검은 표식이 남았다.

아렌트는 그를 가만히 지켜보기만 했다. 총 다섯 개의

도시 위에 흔적을 남긴 렉시온이 다시 손을 뗐다.

"이곳에 대형 마법이 설치되고 있다."

"……마법이요?"

"교단이 지원한 거겠지. 아마 소환진으로 추정된다만."

소환진이라면 생각나는 건 딱 하나뿐이었다. 아렌트의 낯이 딱딱하게 굳어졌다.

"호문쿨루스겠네요."

"그렇지."

렉시온이 얼굴을 구겼다.

"보아하니 교단 쪽에서 소환진을 새긴 마정석을 민간인 쪽에 넘겨 준 것 같더군."

"없앨 수는 없었어요?"

"아무래도 니케포르 녀석의 작품인 모양이라. 내가 접근하는 순간 곧장 도시가 날아가 버릴걸."

아렌트가 입을 다물자 렉시온이 간략하게 덧붙였다.

"너나 네 단장, 다른 기사들 역시 마찬가지다. 마력을 품은 자 누구라도 접근하면 그대로 자폭 마법이 발동되고, 호문쿨루스가 풀려날 거야. 물론 설치한 인간들은 미처 거기까지는 모르겠지."

렉시온은 다시 지도 쪽을 눈짓했다.

"그리고 위치를 보면 알겠지만……."

그가 남긴 검은 표식은 일정한 거리를 두고 왕궁을 포위한 것 같은 모습이었다.

"목적은 당연히 왕궁을 짓밟는 걸 테고. 진격해 오는 길에 걸리적대는 것들은 전부 가루로 만들겠지. 교단에 가담했던 놈들은……."

"구울들에게 합세해서 함께 왕궁으로 진격해 오겠네요."

아렌트가 건조하게 대꾸했다.

"솔직히 그놈들이 더 까다로운 상대일 걸요. 특히 라이오스 단장이나 빅토르 왕세자 같은 성정의 지휘관에게는 더더욱."

므네모시네의 숨결이 작용하지 않았으니, 광신도 놈들보다야 충성심은 덜 할 것이다.

하지만…….

"……그 발칙한 놈들이, 그저 신앙만 보고 모인 놈들은 아닐 거잖아요."

"정확해."

렉시온이 고개를 끄덕였다.

"신앙은 그저 연결고리 역할을 할 뿐이고, 구성원 대부분이 자신의 현 상황에 불만을 가진 자들이었다. 루체 님이 아닌 체르니온 님을 따른다면 자신의 소원을 이룰 수 있다고 여기는 모양이더군."

무표정하던 견습 기사의 미간이 살며시 구겨졌다.

"얼간이들 같으니라고."

'성검의 푸른 기사'대로 흘러갔더라면, 원래 칼리온 제국에서 일어났어야 할 일이었다.

체르니온 교단은 지금까지 몇 번이나 제국 내부에서 반란을 시도했지만, 아렌트와 라이오스의 손에 번번이 실패했다.

그러자 놈들은 칼리온 제국에서의 실패를 반면교사 삼아, 다른 쪽부터 공략하기 시작한 것이다.

이대로라면 왕궁이 쑥대밭이 되는 것도 순식간일 터였다.

"……."

아렌트의 착잡한 시선이 르웰린을 향했다.

입까지 헤 벌린 채, 그는 완전히 곯아떨어진 채였다.

그 눈길을 읽어낸 렉시온이 물었다.

"왜. 저 애송이 왕자라도 먼저 밖으로 빼돌리려고?"

"됐어요. 본인이 원하는 것도 아닐 테고."

하지만 아렌트는 개운치 않은 얼굴을 하면서도 거절했다.

렉시온이 이해가 안 된다는 듯 다시 물었다.

"그런 게 중요한가?"

"아무래도 중요한 편이죠. 위대하신 파충류 님이야 인간의 의사 따위는 별로 중요한 게 아니겠지만."

"비꼬는 거냐? 위대한 파충류는 또 뭐야?"

아렌트가 어깨를 으쓱이자 렉시온이 어처구니없이 대꾸했다.

"어쨌든, 이제부터 어떻게 할지 궁리를 해야겠군."

"하……."

아렌트가 골치 아파 죽겠다는 얼굴로 제 머리칼을 헝클어버렸다.

"뭘 어쩌든, 일단 빅토르 왕세자의 의사를 물어봐야죠. 왕은 지금 정상적인 사고를 할 수 없는 상태고, 이제부터는 그 인간이 다스릴 나라니까."

"……넌 정말 알 수가 없군."

렉시온이 인상을 찌푸렸다.

"한없이 독선적인 것 같다가도, 이럴 때는 왜 슬쩍 물러서는지 모르겠다니까."

"거기까지는 내 역할이 아니니까요."

"이건 좀 딴소리다만. 혹시 그거 아나?"

시큰둥한 대답에 렉시온이 짧게 한숨을 내쉬었다.

"이것저것 다 혼자 떠맡는 것보다, 다른 사람들 등 떠미는 게 제일 성가시고 힘든 일이다. 그리고 넌 굳이 그 고생을 사서 하는 취미가 있는 것 같군."

"그래야지 내 할 일이 조금이라도 줄어드니까요."

"웃기고 있네. 일이 없으면 만들어서라도 사고를 치는 놈이."

그의 말이 끝나기도 전, 렉시온이 코웃음을 터뜨렸다.

"어쨌든, 이제 어쩔 거지? 이대로 간다면 틀림없이 내전이 터진다. 구울에 호문쿨루스, 그리고 불만 많은 민간인 집단이 왕궁으로 몰려올 거다."

 거기까지 말한 렉시온이 잠깐 뜸을 들이다 덧붙였다.

 "며칠 뒤에는 체르니온 님의 이름을 짊어진 성스러운 군대가 되겠지만."

 "……."

 아렌트는 한동안 침묵했다.

 지금껏 칼리온 제국에서 해 왔던 것처럼 어설픈 연극 정도로 속여 넘길 규모가 아니었다.

 잠시 후, 얼굴을 한차례 쓸어내린 아렌트가 차갑게 말했다.

 "성스러운 군대라니, 놈들한테 그런 호칭은 안 어울립니다. 그런 거창한 이름보다는 오합지졸 광대들이라고 부르는 쪽이 나아요."

 "하지만 그 오합지졸들이, 네놈들에게는 가장 상대하기 어려운 적일걸. 아까 너도 그렇게 말하지 않았던가?"

 "맞아요. 그러니 어떻게든 방법을 찾아야죠. 피를 덜 보는 쪽으로."

 놈들이 모조리 토벌되든, 아니면 루카인 왕국이 뒤집어지든 두 신에게는 제법 흡족한 결과일 것이다.

 루체는 영웅의 손을 빌려 정의 행세를 할 수 있을 테고, 참혹한 전쟁이 벌어진다면 체르니온은 그것만으로도 자신의 영향력을 세상에 내보일 수 있을 테니까.

 잠시 뜸을 들인 뒤, 아렌트가 다시 입을 열었다.

"렉시온 님."
"뭐."
렉시온이 퉁명스레 대답하자 아렌트가 다시 물었다.
"그 오합지졸 새끼들, 어디 사는 누구인지 대충 다 기억해 두셨죠?"
"당연하지."
"좋아요. 그렇다면……."
렉시온에게 눈도장이 찍힌 이상, 일단 그 어설픈 교도들의 목숨은 이쪽의 손에 달려 있다고 봐도 무방했다.
"이제 남은 건 왕세자의 선택뿐이겠네요."

(배신 기사의 유쾌한 신의 16권에서 계속)

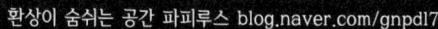